推《お》し恋《こい》！①

～幼《おさな》なじみと秘密《ひみつ》の生活始《せいかつはじ》めました！～

ミズメ・作

ごろー＊・絵

アルファポリスきずな文庫

もくじ

登場人物紹介《とうじょうじんぶつしょうかい》
小《しょう》5
志水蒼太《しみずそうた》
ひなの幼《おさな》なじみ。近寄《ちかよ》りがたい雰囲気《ふんいき》があるが、実《じつ》はとってもやさしいクール男子《だんし》。
天才《てんさい》ゲーマー、アオ。メンバーカラーは青《あお》。
小《しょう》5
市山《いちやま》ひな
大人気動画配信《だいにんきどうがはいしん》グループ『ブラスト』の大《だい》ファンで一番《いちばん》の推《お》しは、アオ。
クラスのみんなよりも頭《あたま》ひとつぶん身長《しんちょう》が高《たか》いことが最近《さいきん》の悩《なや》み。かわいいもの好《ず》きだが、似合《にあ》わなくなってしまったと思《おも》い今《いま》は封印中《ふういんちゅう》。

小《しょう》6

鷹《たか》取《とり》深《み》緑《ろく》

ひなが所属《しょぞく》する園芸委員《えんげいいいん》会《かい》の委員長《いいんちょう》。頭《あたま》が良《よ》く、特《とく》に植物《しょくぶつ》や動物《どうぶつ》のことに詳《くわ》しい。

秀才《しゅうさい》インテリ、**ミドリ**。メンバーカラーは緑《みどり》。

小《しょう》5

胡《くる》桃《み》沢《ざわ》千《ち》明《あき》

ひなのクラスメイト。人《ひと》懐《なつ》っこく明《あか》るい性格《せいかく》で、学《がっ》校《こう》のモテ男子《だんし》。

かわいい＆美《び》のカリスマ、**momo**《モモ》。メンバーカラーはピンク。

中《ちゅう》2

鐘《かね》ヶ《が》江《え》朱《あや》人《と》

紫音《しおん》のクラスメイト。筋《きん》トレが大好《だいす》きな運動神経《うんどうしんけい》バツグンの圧倒的《あっとうてき》スター。

『ブラスト』のリーダー、**アカネっち**。メンバーカラーは赤《あか》。

中《ちゅう》2

志《し》水《みず》紫《し》音《おん》

蒼《そう》太《た》のお兄《にい》ちゃん。何《なに》をしてもかっこいいキラキラ王子様《おうじさま》系《けい》で、ひなのことを妹《いもうと》のようにかわいがっている。

グループ1のイケボ、**シオン**。メンバーカラーは紫《むらさき》。

小《しょう》5

羽《はね》田《だ》結《ゆ》愛《あ》

ひながひそかに憧《あこが》れるクラスメイト。

おしゃれでかわいいファッションリーダー。

プロローグ　お隣《となり》さんが、推《お》しだった！

静《しず》かな部屋《へや》の真《ま》ん中《なか》で蒼太《そうた》くんがくるりとこちらを振《ふ》り返《かえ》る。

その表情《ひょうじょう》は、真剣《しんけん》そのもの。

「市山《いちやま》」

蒼太《そうた》くんの切《き》れ長《なが》の目《め》が、まっすぐにわたしを見《み》た。

名前《なまえ》を呼《よ》ばれ、何《なに》を言《い》われるんだろうと身《み》がまえる。

こんなにかっこいい男《おとこ》の子《こ》とふたりきりというだけでも、いつもと違《ちが》いすぎて、いろいろなドキドキでもういっぱいいっぱいなのに！

「……おれがブラストのアオだって、誰《だれ》にも言《い》わないでほしい」

「えっ？」

びっくりして、喉《のど》の奥《おく》からアヒルのような声《こえ》が出《で》た。

待《ま》って待《ま》って、今《いま》なんて言《い》った？

『ブラスト』って、あの『ブラスト』……!?

頭《あたま》の中《なか》がすっっっごく混乱《こんらん》してくる。

『ブラスト』って、今《いま》わたしが一番《いちばん》ハマっている大人気《だいにんき》配信《はいしん》グループの名前《なまえ》。そして『アオ』というのは、その中《なか》でも特《とく》に推《お》しているメンバー。

――えっ、つまり、どういうこと!?

……蒼太《そうた》くんは、本当《ほんとう》に、わたしが推《お》しているアオ!?

ええええええええ!?

そんなことあるっ!?

声《こえ》には出《だ》さないけど、もうびっくりしすぎて脳内《のうない》では大声《おおごえ》で叫《さけ》んでいる。

そもそも、隣《となり》に住《す》む幼《おさな》なじみの蒼太《そうた》くんと突然《とつぜん》の同居生活《どうきょせいかつ》ってだけでもいっぱいいっぱいなのに、さらにわたしの推《お》しだったなんて……!?

「わかってると思《おも》うけど……これ、みんなには内緒《ないしょ》だからな」

口《くち》の前《まえ》に人差《ひとさ》し指《ゆび》を持《も》ってきた蒼太《そうた》くんが「シー」の顔《かお》をする。

かっこいいから、その仕草《しぐさ》がとてもサマになっている。

さすが学校《がっこう》でも人気者《にんきもの》の蒼太《そうた》くん。

アイドルみたい。

「も、もちろんです！　誰《だれ》にも絶対言《ぜったいい》いません！　秘密《ひみつ》は守《まも》ります‼」

わたしはふたつの意味《いみ》でどぎまぎしながら、コクコクと高速《こうそく》でうなずいた。頭《あたま》がとれそうなくらい。

「絶対《ぜったい》だからな」

蒼太《そうた》くんがふっといたずらっぽい笑《え》みを浮《う》かべる。

「うん、誰《だれ》にも言《い》わないよ……！」

普段《ふだん》はあまり見《み》ない笑顔《えがお》にどきっとしながら、わたしはまた何度《なんど》もうなずいた。

心臓《しんぞう》はバクバクしているし、ほっぺは熱《あつ》いし、頭《あたま》の中《なか》もぐちゃぐちゃ……！

お隣《となり》さんが推《お》しだった——

わたしの同居生活《どうきょせいかつ》、どうなっちゃうんだろう〜⁉

第一章《だいいっしょう》　木曜日《もくようび》・秘密《ひみつ》を知《し》る三日前《みっかまえ》

五年生《ごねんせい》の新学期《しんがっき》が始《はじ》まって、最初《さいしょ》の木曜日《もくようび》の夜《よる》。

わたし——市山《いちやま》ひなは、ベッドの上《うえ》でうつぶせになってタブレットの電源《でんげん》を入《い》れた。

すすす〜と画面《がめん》を指《ゆび》でスワイプして、お気《き》に入《い》りの動画《どうが》にたどりつく。

それからトンッと真《ま》ん中《なか》の再生《さいせい》マークをタップ！

《こんにちは〜！　ブラストです！》

電源《でんげん》を入《い》れたタブレット画面《がめん》の向《む》こうから、明《あか》るい声《こえ》が聞《き》こえてくる。

それを聞《き》いたら、一気《いっき》にわくわくして、ほっぺがゆるむ。

わたしが大好《だいす》きな人気動画配信《にんきどうがはいしん》グループのブラストは、メンバーが五人《ごにん》。

赤《あか》、青《あお》、緑《みどり》、紫《むらさき》、桃色《ももいろ》のメンバーカラーに沿《そ》ったキャラクターが、アニメみたいに動《うご》いて、そこに本人《ほんにん》たちの声《こえ》が重《かさ》なっている。

ブラストのみんなは仲良《なかよ》しで、歌《うた》とかゲームとか、いろいろな企画《きかく》をやっていてとてもにぎやかで楽《たの》しそうなの。

それぞれに得意《とくい》ジャンルがあって、日《ひ》によって登場《とうじょう》するメンバーも違《ちが》う。

とにかく明《あか》るくて楽《たの》しいブラストの動画《どうが》を見《み》てたら、いやなことをすーっと忘《わす》れて元気《げんき》になれるから、大好《だいす》きなんだ！

《今日《きょう》は木曜日《もくようび》なので、俺《おれ》の歌《うた》ってみた企画《きかく》の日《ひ》だよ〜。そして今回《こんかい》はなんと特別《とくべつ》にｍ《モ》ｏｍ《モ》ｏが来《き》てくれたので、シオンとｍ《モ》ｏｍ《モ》ｏのふたりで、歌《うた》っていこうと思《おも》います》

《みんな、こんにちは！　今日《きょう》は、ぼくもいるからよろしくねっ》

画面《がめん》の向《む》こうでは、紫色《むらさきいろ》と桃色《ももいろ》のキャラクターがこちらに手《て》を振《ふ》っている。

今日《きょう》はシオンとｍ《モ》ｏｍ《モ》ｏの歌企画《うたきかく》。

ふたりともとっても歌《うた》がうまいから、楽《たの》しみ！

紫色担当《むらさきいろたんとう》のイケメンお兄《にい》さんのシオンは声《こえ》がとってもかっこよくて、みんなのコメントでも「イケボ」と言《い》われている。

ひとりのときもよく歌企画《うたきかく》をやっていて、その声《こえ》を聞《き》いているだけでいやされるんだよね。

《こうしてｍｏ《モ》ｍｏ《モ》と俺《おれ》と、ふたりだけで歌《うた》うのってけっこうレアだよね〜？》

シオンが隣《となり》にいる桃色《ももいろ》の男《おとこ》の子《こ》に話《はな》しかける。

《そうだね、ぼくとシオンだけなのって、今《いま》までなかったかもっ！》

ふわふわの桃色髪《ももいろがみ》のキャラクターが、かわいらしくうんうんとうなずいている。

ｍｏ《モ》ｍｏ《モ》はいつも笑顔《えがお》を絶《た》やさないキラキラ王子様《おうじさま》で、周《まわ》りを照《て》らすおひさまのような歌声《うたごえ》が人気《にんき》なんだ。

美容《びよう》に詳《くわ》しくて、いつもみんなを気《き》づかう発言《はつげん》をしている。

たしか、ｍｏ《モ》ｍｏ《モ》にはお姉《ねえ》ちゃんがいるんだよね。前《まえ》の配信《はいしん》で話《はな》していた気《き》がする！

《ねえねえシオン。今日《きょう》はどの曲《きょく》を歌《うた》おっか？》

《わあ、リクエストもたくさん来《き》てるね〜！　みんな本当《ほんとう》にありがとう〜〜》

シオンとｍｏ《モ》ｍｏ《モ》が笑顔《えがお》で手《て》を振《ふ》ると、コメント欄《らん》がものすごい勢《いきお》いで流《なが》れ始《はじ》める。

《ふたりの歌《うた》、楽《たの》しみです！》

《あの曲歌《きょくうた》ってほしい！　神《かみ》に祈《いの》る！》

思《おも》い思《おも》いの言葉《ことば》が並《なら》んで、わたしはそれに圧倒《あっとう》される。

みんな一気《いっき》にコメントしてる……！　すごいなあ！

この前《まえ》もコメント欄《らん》でリクエスト募集《ぼしゅう》をしていたけど、わたしは気後《きおく》れして何《なに》も送《おく》れなかったんだよね……。

というか、緊張《きんちょう》してこれまでに一回《いっかい》もコメントしたことがない。

本当《ほんとう》に、自分《じぶん》のこういうところをなんとか変《か》えたいんだけど……。

《よし、じゃあこれにしよ～。ｍｏ《モ》ｍｏ《モ》、準備《じゅんび》はいい？》

《もちろんだよ》

しょんぼりしている間《あいだ》に、曲《きょく》が決《き》まったようで楽《たの》しいメロディが流《なが》れ始《はじ》めた。

そうして、いよいよふたりが歌《うた》い出《だ》す。

シオンの少《すこ》し低《ひく》めで落《お》ち着《つ》いた柔《やわ》らかい声《こえ》と、ｍｏ《モ》ｍｏ《モ》の明《あか》るく伸《の》びやかな声《こえ》がアップテンポの曲《きょく》に乗《の》って、心《こころ》が元気《げんき》になってくる。

選《えら》ばれた三曲《さんきょく》を一気《いっき》に歌《うた》いきって、歌《うた》うまコンビによる配信《はいしん》は終《お》わった。

「やっぱり、ブラストは最高《さいこう》だあ……！」

タブレットを抱《かか》え込《こ》んで、わたしはジーンと感動《かんどう》しながらベッドにころがる。

「……もうちょっと、見《み》ようかな」

天井《てんじょう》を眺《なが》めていたら、もっと見《み》たくなっちゃった。

過去回《かこかい》なら何回《なんかい》でも見《み》られるのが、動画配信《どうがはいしん》のいいところだよね！

「あ、土曜日《どようび》はアオのゲーム配信《はいしん》の予定《よてい》がある！」

次《つぎ》の動画《どうが》を選《えら》んでいたところで、わたしは気《き》がついた。

ブラストでのわたしの一番《いちばん》の推《お》しは『アオ』。

とってもゲームがうまくて、見《み》ているだけで時間《じかん》を忘《わす》れちゃう。

アオの新規動画《しんきどうが》がアップされるのは土曜日《どようび》の夜《よる》。

次《つぎ》の日《ひ》は学校《がっこう》もないし、お母《かあ》さんに唯一《ゆいいつ》夜更《よふ》かしを許《ゆる》されてる日《ひ》だから、家《いえ》でのんびりするにはぴったりなんだあ。

アオが先週《せんしゅう》やっていたゲームは、『ベジゲーム』といって、野菜《やさい》をカゴの上《うえ》から落《お》として、くっつけて大《おお》きくしていくもの。同《おな》じ野菜同士《やさいどうし》をくっつけると、一段階大《いちだんかいおお》きな野菜《やさい》に変化《へんか》する。

シンプルなゲームだけどなかなか奥《おく》が深《ふか》くて、四角《しかく》の水槽《すいそう》のような範囲《はんい》の中《なか》で効率《こうりつ》よく巨大《きょだい》カボチャを作《つく》るのは難《むずか》しい。

わたしも挑戦《ちょうせん》したけれど、カボチャの手前《てまえ》のサイズの白菜《はくさい》を作《つく》るので精一杯《せいいっぱい》で、ゲームオーバーの嵐《あらし》……

それなのに、アオはあっという間《ま》にカボチャをひとつ作《つく》って、それから余裕《よゆう》のないギリギリのスペースでもうひとつのカボチャを錬成《れんせい》し、ふたつをくっつけて一気《いっき》に水槽《すいそう》を空《から》にしていた。

コメント欄《らん》には『神回《かみかい》』という言葉《ことば》がたくさん並《なら》んでいて、すごくすごーく誇《ほこ》らしい気《き》持《も》ちになった！　そう、アオはすごい！

「アオの配信日《はいしんび》を目指《めざ》して、今週《こんしゅう》もあと少《すこ》しがんばろう……！」

今度《こんど》の企画《きかく》は《ゲーム企画《きかく》・ライブでサバゲーやってみる》って書《か》いてある。

夜《よる》の十一時《じゅういちじ》からで、う〜ん、ちょっと起《お》きていられるか心配《しんぱい》。

眠《ねむ》い目《め》をこすりながら、わたしは時計《とけい》を見《み》る。思《おも》ったよりも遅《おそ》くなってしまった。

「あ、でも。寝《ね》る子《こ》は育《そだ》つって言《い》うし、寝《ね》なかったらこれ以上身長《いじょうしんちょう》も伸《の》びない……？」

今日《きょう》の出来事《できごと》を思《おも》い返《かえ》して、わたしはつぶやいた。

けっこう本気《ほんき》で。

今日学校《きょうがっこう》で、小学五年生《しょうがくごねんせい》のクラスになって初《はじ》めての身体測定《しんたいそくてい》があった。

わたしは猫背《ねこぜ》になってみたり膝《ひざ》をちょこっとだけ曲《ま》げてみたりと工夫《くふう》したんだけど、保《ほ》健《けん》の先生《せんせい》に怒《おこ》られて結局《けっきょく》はシャンと背筋《せすじ》を伸《の》ばすことになっちゃって……

そしたら、そうしたら。とうとうおそれていたことが起《お》きてしまった。

身長《しんちょう》が……百六十《ひゃくろくじっ》センチになってた……！

これはわたし的《てき》にとんでもない事件《じけん》。

五年生《ごねんせい》の女子《じょし》の平均身長《へいきんしんちょう》は百四十《ひゃくよんじっ》センチだって保健《ほけん》だよりに書《か》いてあった。

わたしはそれよりも二十《にじっ》センチも大《おお》きい。

データでも現実《げんじつ》でも、とにかくわたしは身長《しんちょう》が高《たか》すぎる！

「なんでこんなに身長《しんちょう》だけ伸《の》びちゃうんだろう……目立《めだ》ちたくないのに……」

全校集会《ぜんこうしゅうかい》で集《あつ》まっても、六年生《ろくねんせい》よりも大《おお》きいわたしは列《れつ》のうしろでひとりだけニョキッと大《おお》きくて、目立《めだ》ってしまう気《き》がする。

クラスの子《こ》と会話《かいわ》をするときも、みんなの頭《あたま》を見下《みお》ろす状態《じょうたい》でとても居心地《いごこち》が悪《わる》い。

だから立《た》っているのがいやで、学校《がっこう》ではほとんど席《せき》に座《すわ》っているのに。

「いやだな……小《ちい》さくってかわいい女《おんな》の子《こ》になりたい……」

ブラストの動画《どうが》を見《み》て上《あ》がっていたテンションがまた下《さ》がってくる。

さらにはヒヤッとした夜《よる》の冷気《れいき》も感《かん》じて、わたしは布団《ふとん》にくるまった。

第二章《だいにしょう》　金曜日《きんようび》・秘密《ひみつ》を知《し》る二日前《ふつかまえ》

「ひなちゃん、そろそろ起《お》きなさ〜い！」

「……はぁ〜い」

お母《かあ》さんの声《こえ》に、わたしは目《め》をこすりながらノソノソと布団《ふとん》から出《で》た。

うう、まだ眠《ねむ》いよお……

夜更《よふ》かしをしてしまったせいで、いつもよりも目《め》が開《あ》かない。

「早《はや》くしないと遅刻《ちこく》しちゃうよ。ほら早《はや》く食《た》べちゃって。飲《の》みものは牛乳《ぎゅうにゅう》だよね〜」

ダイニングに行《い》くと、キッチンからお母《かあ》さんがせかせかと声《こえ》をかけてくる。

「うん、牛乳《ぎゅうにゅう》……じゃなかった、今日《きょう》はりんごジュースがいい！」

いつも通《どお》りに牛乳《ぎゅうにゅう》を頼《たの》もうとしてしまったわたしは、あわててちがう飲《の》みものにした。

あぶないあぶない。

「どうしたの？　ひなちゃん、昔《むかし》から牛乳《ぎゅうにゅう》が大好《だいす》きだったじゃない」

お母《かあ》さんは不思議《ふしぎ》そうに首《くび》をかしげている。

「う……。いいの、もう飲《の》まない」

……身長《しんちょう》が伸《の》びたのって、牛乳《ぎゅうにゅう》の飲《の》みすぎもあると思《おも》うんだよね！

小《ちい》さいころから牛乳《ぎゅうにゅう》が大好《だいす》きで、毎日《まいにち》二《に》、三杯《さんばい》は飲《の》んでいた。だからこんなに大《おお》きくなりすぎちゃったんだ。

これ以上身長《いじょうしんちょう》はいらないから、もう飲《の》まないと決《き》めた！

「でも、牛乳《ぎゅうにゅう》は身体《からだ》にいいのよ？　骨《ほね》のためにもカルシウムはしっかり取《と》らないと」

お母《かあ》さんはまゆ毛《げ》を八《はち》の字《じ》にして困《こま》った顔《かお》をしている。

ちょっとだけ胸《むね》が痛《いた》んだけど、わたしは知《し》らないフリをした。

「これ以上大《いじょうおお》きくなりたくないの！　クラスの女《おんな》の子《こ》たちとぜんぜん身長《しんちょう》が違《ちが》うし、それどころか男《おとこ》の子《こ》よりも大《おお》きいんだよ？」

この前《まえ》、お昼休《ひるやす》みに教室《きょうしつ》に戻《もど》ったとき、男子《だんし》がわたしを陰《かげ》で「デカ女《おんな》」と言《い》って笑《わら》っているのを聞《き》いてしまって、ショックでたおれちゃいそうだった。

「あら、身長《しんちょう》が高《たか》いのって素敵《すてき》じゃない。すぐにみんなも大《おお》きくなるわよ〜。お母《かあ》さんは小《ちい》さいからうらやましいわ」

わたしの苦労《くろう》をしらないお母《かあ》さんは、ほのぼのと言《い》う。

四年生《よねんせい》のときにはもうお母《かあ》さんの身長《しんちょう》を越《こ》えてしまっていたから余計《よけい》にイヤなのに、当《とう》の本人《ほんにん》はまったくわかっていないみたい。

お父《とう》さんに似《に》て身長《しんちょう》が高《たか》くていいわね、と言《い》われるから、最近《さいきん》はお父《とう》さんの身長《しんちょう》までうらめしくなってきた。

「そんなの、わたしはぜんぜんうれしくないよ……」

いちごジャムをたっぷりと塗《ぬ》ったトーストにかじりつきながら、わたしはポツリとつぶやいた。

――みんなより大《おお》きいことがどれだけはずかしいか、お母《かあ》さんは知《し》らないんだ。

「そうだ、ひなちゃん。昨日《きのう》、お母《かあ》さんが注文《ちゅうもん》しておいたワンピースが届《とど》いたの」

お母《かあ》さんの声《こえ》は明《あか》るい。本当《ほんとう》に、わたしの悩《なや》みなんかどうでもよさそうだ。

まっくろモヤモヤがわたしの心《こころ》を埋《う》め尽《つ》くしていく。

「見《み》て。とってもかわいいの。着《き》ていくでしょ？」

お母《かあ》さんが指《ゆび》をさした先《さき》には、ハンガーにかけられたチェック柄《がら》のシャツワンピース。

ベージュに黒《くろ》のチェック模様《もよう》の生地《きじ》で、スカート部分《ぶぶん》はタックが入《はい》っていてプリーツスカートみたいになっている。襟元《えりもと》には黒《くろ》いリボンも付《つ》いている。

──かわいい。とてもかわいい。でも……

「……着《き》ない」

「えっ、どうして？」

お母《かあ》さんは洗《あら》い物《もの》をしながら困《こま》ったような顔《かお》をしている。

「わたしはいつもの服《ふく》とズボンでいい。そんなのどうせ似合《にあ》わないもん……」

「そう言《い》わずに～。ほら、ひなちゃんは小《ちい》さいころからチェック柄《がら》が好《す》きだったでしょ？」

「……好《す》きだけど……」

言葉《ことば》が続《つづ》かなくなったわたしは、急《いそ》いで残《のこ》りの朝《あさ》ご飯《はん》を食《た》べた。バナナを一気《いっき》に口《くち》につめ込《こ》んで、りんごジュースで流《なが》し込《こ》む。

「ごちそうさまでした！　着替《きが》えてくる」

「あっ、ひなちゃん！」

お母《かあ》さんの言葉《ことば》を最後《さいご》まで聞《き》かずに、わたしはダイニングから飛《と》び出《だ》した。

部屋《へや》に戻《もど》って、いつものカットソーとふくらはぎまでの長《なが》さのズボンをタンスから取《と》り出《だ》してさっさと着替《きが》える。

部屋《へや》を出《で》ようとしたら、一年生《いちねんせい》のときに買《か》ってもらったピンク色《いろ》のかわいい姿見《すがたみ》にわたしが映《うつ》った。

本当《ほんとう》に、わたしだけがすっかり大《おお》きくなってしまっている。

「あのワンピース、かわいかったなあ……」

さっきのワンピースのことを思《おも》い返《かえ》す。

さすがお母《かあ》さんは、わたしの好《この》みをよく知《し》ってる……！

色《いろ》もデザインもとってもかわいくて、着《き》てみたいって思《おも》ってしまった。あれを着《き》た自分《じぶん》を、こっそりと想像《そうぞう》する。

「……やっぱり似合《にあ》わなそう」

周《まわ》りの女《おんな》の子《こ》たちは小《ちい》さくてかわいくて、ワンピースもよく似合《にあ》う。

でも「デカ女《おんな》」であるわたしがあんなにかわいいお洋服《ようふく》を着《き》ても、ソワソワして落《お》ち着《つ》かないだけだよ、絶対《ぜったい》。

それに、急《きゅう》にあんな格好《かっこう》で登校《とうこう》したら目立《めだ》ちそうでこわいよ……

ふう、とため息《いき》をついたわたしはふとカレンダーに目《め》をやる。

日付《ひづけ》のところにぐるぐると色鉛筆《いろえんぴつ》で大《おお》きく丸《まる》がついている。

――そうだ。明日《あした》になったらアオのゲーム配信《はいしん》だ！

今日《きょう》までがんばれば、明日《あした》は土曜日《どようび》。

そうしたら、楽《たの》しいブラストの時間《じかん》がやってくる。

さっきまで落《お》ち込《こ》んでいた気持《きも》ちが、ぐんぐんと上向《うわむ》くのが自分《じぶん》でもわかる。

やっぱりブラストはすごい！

「いってきまーす」

「……はあい、いってらっしゃい」

急《いそ》いでランドセルを背負《せお》って、何《なに》か言《い》いたそうなお母《かあ》さんの視線《しせん》をかわすようにして、そそくさと玄関《げんかん》を出《で》た。


ガチャリ。

わたしが家《いえ》を出《で》たところで、隣《となり》の家《いえ》のドアも開《ひら》いた。

ちょうど出《で》てきた男《おとこ》の子《こ》は、ネイビーのランドセルを背負《せお》っている。

お隣《となり》に住《す》む、幼《おさな》なじみの志水蒼太《しみずそうた》くんだ。

無造作《むぞうさ》な髪型《かみがた》に、つくりものみたいに整《ととの》った顔立《かおだ》ち。それからすずしげな目元《めもと》をしたクールな雰囲気《ふんいき》の男子《だんし》。

クラスの女子《じょし》たちは、どこか近寄《ちかよ》りがたい蒼太《そうた》くんを「そんなところがかっこいい！」と絶賛《ぜっさん》している。

幼稚園《ようちえん》から同《おな》じだった蒼太《そうた》くんと昔《むかし》はよく一緒《いっしょ》に遊《あそ》んでいたけど……三年生《さんねんせい》になったく

らいから男女《だんじょ》で分《わ》かれて遊《あそ》ぶようになって、あまり話《はな》さなくなったんだよね……

さみしいけど、周《まわ》りの雰囲気《ふんいき》に流《なが》されて、わたしはなかなか話《はな》しかけられなくって……

でも、五年生《ごねんせい》で久《ひさ》しぶりに同《おな》じクラスになったの！

昔《むかし》からかっこよかった蒼太《そうた》くんは、さらにかっこよくなっていた。

ビビりなわたしはなんだか緊張《きんちょう》しちゃって学校《がっこう》では話《はな》しかけられないけど……今《いま》ならほかに誰《だれ》もいないし……！

わたしはこっそりにぎりこぶしを作《つく》って、おなかに力《ちから》を入《い》れた。

「お、おはようっ……！」

蒼太《そうた》くんの鋭《するど》い視線《しせん》に緊張《きんちょう》しながら、わたしは必死《ひっし》に朝《あさ》の挨拶《あいさつ》をした。

よかった、言《い》えた……！

ちょっと声《こえ》がひっくり返《かえ》ったうえに、音量調節《おんりょうちょうせつ》がバグってムダに大《おお》きい声《こえ》が出《で》ちゃったけど、でも、言《い》えた……！

ちょっと感動《かんどう》しているわたしを、蒼太《そうた》くんもびっくりした顔《かお》で見《み》ている。

ほんとうに久《ひさ》しぶりの会話《かいわ》だもん。

ケンカをしたわけでもないのに、蒼太《そうた》くんをどんどん遠《とお》くに感《かん》じてたんだよなあ。
「……っ、おはよ」
蒼太《そうた》くんはあいさつを返《かえ》してくれた。それだけで安心《あんしん》して頬《ほお》がゆるむ。
はあ〜、ほんとうによかった！
そう安心《あんしん》したのもつかの間《ま》。
蒼太《そうた》くんは何《なに》か言《い》いたげにわたしをじっと見《み》ている。
な、なんだろう……！
服《ふく》にご飯《はん》つぶでもついてるとか……!?
いや、でも朝《あさ》ご飯《はん》はパンだったし……!?
途端《とたん》にまたはずかしくなって、わたしはソワソワした気持《きも》ちになってきた。
「……市山《いちやま》。昨日《きのう》、どうだった？」
蒼太《そうた》くんが口《くち》を開《ひら》いた。
『市山《いちやま》』と呼《よ》ばれたことに、チリっとさみしい気持《きも》ちになる。
昔《むかし》は『そーたくん』『ひなちゃん』と呼《よ》び合《あ》っていたけれど、蒼太《そうた》くんはいつの間《ま》にかわたしを名字《みょうじ》の『市山《いちやま》』で呼《よ》ぶようになったんだよね……

やっぱり、すごく距離《きょり》を感《かん》じちゃうなあ。

というか、蒼太《そうた》くんはわたしに何《なに》を聞《き》いているんだろう？

「ええっと……？」

質問《しつもん》の意図《いと》がわからなくて、わたしは首《くび》をかしげる。

こうして会話《かいわ》をするのも久《ひさ》しぶりだから、説明《せつめい》してもらわないとなんのことなのかピンと来《こ》ないよ～～～！

「いや……やっぱりなんでもない」

蒼太《そうた》くんは何《なに》か言《い》いたげにそう言《い》ったあと、また口《くち》を閉《と》じた。そして、わたしの横《よこ》をスッと通《とお》り過《す》ぎて、スタスタと歩《ある》いていく。

ど、どうしよう。行《い》き先《さき》は一緒《いっしょ》なんだよね……！

どこか不機嫌《ふきげん》そうな蒼太《そうた》くんのうしろをわたしは黙《だま》ってトコトコとついて行《い》く。

同《おな》じマンションの八階《はちかい》だから、同《おな》じエレベーターに乗《の》るんだもん。

ポーン。

ホールに着《つ》いたところでエレベーターがちょうど到着《とうちゃく》して扉《とびら》が開《ひら》く。

「乗《の》んないの？」

「あ、う、うん、乗《の》る、乗《の》ります！」

蒼太《そうた》くんが中《なか》に入《はい》ったあと、どうしようと迷《まよ》っていたら声《こえ》をかけられた。

わたしはあわててエレベーターに飛《と》び乗《の》る。

うっ、なんだか静《しず》かで気《き》まずい……！

今日《きょう》に限《かぎ》ってほかの階《かい》に止《と》まらなくて誰《だれ》も乗《の》ってこない～！

「蒼太《そうた》くん、怒《おこ》ってるわけじゃないの……？」

わたしはおそるおそる声《こえ》をかける。

ボタンの前《まえ》に立《た》っていた蒼太《そうた》くんは、バッと勢《いきお》いよくこっちを振《ふ》り向《む》いた。

「ちがっ……！　いやごめん、たしかにおれの態度《たいど》が悪《わる》かったよな」

「う、ううん、大丈夫《だいじょうぶ》」

よかった。蒼太《そうた》くんは怒《おこ》ってないみたい。

あわてている顔《かお》には、さっきみたいなこわさは感《かん》じない。

わたしはホッと息《いき》をつく。

「昨日《きのう》の身体測定《しんたいそくてい》で、身長《しんちょう》どうだったかなと思《おも》って」

「シンチョウ」

思《おも》いもよらないことを聞《き》かれて、わたしはピシリと固《かた》まる。

蒼太《そうた》くんはこっちをまっすぐに見《み》ていて、そのタイミングでエレベーターがエントランスに到着《とうちゃく》した。

「市山《いちやま》、先《さき》に降《お》りて」

「あ、ありがとう……！」

蒼太《そうた》くんに促《うなが》され、先《さき》にエレベーターから降《お》りる。

……ど、どうしよう。どうする？

やっぱりあれって、身長《しんちょう》を聞《き》かれたんだよね……？

でも、なんで蒼太《そうた》くんがわたしの身長《しんちょう》を聞《き》くのかわからないし……

……慎重《しんちょう》にってことかもしれない、うん、そう思《おも》おう！

むりやりこじつけて、ランドセルの肩《かた》ひもをギュッとにぎりしめる。

「……蒼太《そうた》くん。わたし、宿題《しゅくだい》やり忘《わす》れたのを思《おも》い出《だ》しちゃったから、今《いま》から急《いそ》いで学校《がっこう》でやるね！」

「え？　市山《いちやま》が忘《わす》れるなんてめずらしい……」

「昨日《きのう》の夜《よる》、集中《しゅうちゅう》して配信《はいしん》見《み》てたら忘《わす》れちゃってたの！　じ、じゃあね！」

「あ、おい」

わたしは身長《しんちょう》の話題《わだい》にだけは答《こた》えたくなくて、学校《がっこう》まで思《おも》いっきりダッシュした。宿題《しゅくだい》をやっていないのは嘘《うそ》だけど。

……蒼太《そうた》くんも、わたしの身長《しんちょう》のこと言《い》ってた。

そう思《おも》うだけで、心臓《しんぞう》のところがズキズキ痛《いた》い。

なんでだろう。

身長《しんちょう》がみんなより高《たか》いっていうだけで、すごくダメなような気《き》がしてしまう。

勉強《べんきょう》は大好《だいす》きだけど、背《せ》の順《じゅん》に並《なら》ばないといけない体育《たいいく》の時間《じかん》はゆううつ……。

みんなと一緒《いっしょ》に遊《あそ》んでいてもひとりだけ中学生《ちゅうがくせい》と間違《まちが》われてしまうのも、そのせいでテーマパークの入場《にゅうじょう》チケットを買《か》うときに確認《かくにん》の時間《じかん》が入《はい》るのもすごくイヤ。

サッカーではデカいからってゴールキーパーをやらされるし、バスケットではゴール下《した》に立《た》っていればいいって言《い》われて……

運動神経《うんどうしんけい》が飛《と》び抜《ぬ》けていいワケじゃないから、期待《きたい》された結果《けっか》なんて残《のこ》せないし。

それどころか「役《やく》に立《た》たない」って、勝手《かって》にがっかりされちゃうんだ、いつも。

——わたしは、自分《じぶん》のこの身長《しんちょう》が大《だい》キライ。

せっかく声《こえ》をかけてくれた蒼太《そうた》くんともぎこちなくなって、うまく話《はな》せなくてすっごくくやしい。

「わたしがもっと小《ちい》さくてかわいければよかったのに……」

いつもよりずっと早《はや》く着《つ》いた学校《がっこう》の昇降口《しょうこうぐち》で、わたしはついそう口《くち》にしてしまった。

気持《きも》ちがズーンと深《ふか》く落《お》ち込《こ》む。

たとえばわたしが同《おな》じクラスの羽田結愛《はねだゆあ》ちゃんのような子《こ》だったら、お母《かあ》さんのおすすめの素敵《すてき》なワンピースを着《き》られるのに。

羽田《はねだ》さんは目《め》がパチリと大《おお》きくて、小動物《しょうどうぶつ》のように小《ちい》さい女《おんな》の子《こ》。

栗色《くりいろ》の髪《かみ》の毛《け》をいつも違《ちが》うヘアアレンジして、毎日《まいにち》ボサボサの伸《の》びっぱなしの髪《かみ》でいるわたしとは違《ちが》うの。

お洋服《ようふく》もいつもかわいくて。毎日《まいにち》おしゃれでステキ。

わたしは密《ひそ》かに憧《あこが》れていて、聞《き》いたところによると、ファンクラブだってあるみたい！

「ちょっと早《はや》く来《き》すぎちゃったなあ……」

誰《だれ》もいない教室《きょうしつ》で、自分《じぶん》の席《せき》につく。

うしろの人《ひと》のジャマにならないようにって、三年生《さんねんせい》のころから基本的《きほんてき》にずっとうしろの席《せき》。それがズルだって言《い》われたこともある。

一応《いちおう》、ノートを出《だ》してそれっぽくしたけど、もう宿題《しゅくだい》は終《お》わってるし、何《なに》をして過《す》ごそうかなあ。

ぼーっと窓《まど》の外《そと》の青《あお》い空《そら》を見《み》ていたら、アオのことを思《おも》い出《だ》した。

——明日《あした》の配信《はいしん》、なんのサバゲーをやるんだろう。

かなり遅《おそ》い時間《じかん》からだったから、お昼寝《ひるね》しておいたほうがいいかも！

早《はや》く今日《きょう》が終《お》わらないかなあ。

わたしの気持《きも》ちはすっかりアオの配信《はいしん》でいっぱいだ。

今日《きょう》もなんてことのない一日《いちにち》が終《お》わる。

——そう思《おも》っていたのに。


「ひなちゃん……。ちょっとお父《とう》さんが大変《たいへん》なことになって」

学校《がっこう》から帰《かえ》ったわたしを迎《むか》えたのは、お母《かあ》さんの暗《くら》い声《こえ》だった。

おやつは何《なに》を食《た》べよう、と考《かんが》えながら家《いえ》の扉《とびら》を開《あ》けたのに、一体《いったい》どうしたんだろう!?

「お父《とう》さんがどうかしたの？」

お父《とう》さんは去年《きょねん》から隣《となり》の県《けん》で働《はたら》いていて、単身赴任《たんしんふにん》というものをしている。離《はな》れて暮《く》らしているから、普段《ふだん》は電話《でんわ》で話《はな》したりするくらい。

夏休《なつやす》みや冬休《ふゆやす》みにはこっちから遊《あそ》びに行《い》ったり、お父《とう》さんが帰《かえ》ってきたり。

「お父《とう》さんの会社《かいしゃ》の人《ひと》から電話《でんわ》があったんだけど……仕事中《しごとちゅう》に交通事故《こうつうじこ》に遭《あ》って、怪我《けが》しちゃったんだって」

お母《かあ》さんの声《こえ》は震《ふる》えていた。

よく見《み》たらうっすらと目《め》に涙《なみだ》が溜《た》まっているように見《み》える。

「えっ……」

わたしもびっくりして息《いき》をのんだ。

交通事故《こうつうじこ》。その単語《たんご》だけで、背筋《せすじ》がぞくっとする。

「お父《とう》さん、だいじょうぶなの……？」

事故《じこ》って……お父《とう》さんはどうしているんだろう、もしかして――

「あっ、ごめんねひなちゃん。命《いのち》に別状《べつじょう》はないんだけど、足《あし》の骨《ほね》を折《お》っちゃったらしくて、普段《ふだん》の生活《せいかつ》がしばらく難《むずか》しいみたいなのよね……」

「そうなんだ」

よかった……！

命《いのち》は無事《ぶじ》だと知《し》って、わたしはほっと胸《むね》を撫《な》で下《お》ろした。

でも、お母《かあ》さんはまだ難《むずか》しい顔《かお》をしたままだ。すると、お母《かあ》さんのスマートフォンがまたぶるぶると震《ふる》えた。

「あっ、アキちゃんだわ」

お母《かあ》さんがはずんだ声《こえ》を出《だ》す。

「……蒼太《そうた》くんのお母《かあ》さん？」

「そう！　さっき思《おも》わずメッセージ送《おく》っちゃったのよね。えっ」

画面《がめん》をスクロールしているお母《かあ》さんの手《て》が止《と》まる。そして、おずおずとわたしの顔《かお》を見《み》た。

な、なんだろう。

「ねえ、ひなちゃん……」

「な、なに」

「しばらくアキちゃんの家《いえ》で——志水《しみず》さんのお家《うち》におじゃますることって、できるかな？」

お母《かあ》さんの言葉《ことば》に、わたしは一瞬時間《いっしゅんじかん》が止《と》まったように感《かん》じた。

「お願《ねが》いっ、ひなちゃん！　お母《かあ》さん、お父《とう》さんの病院《びょういん》の手続《てつづ》きとかお手伝《てつだ》いをしないといけなくなりそうで……！　学校《がっこう》をまるまる休《やす》んであっちに行《い》くのはいやでしょう？」

「そ、それはイヤだけど」

無理《むり》……！

「おばあちゃんの家《いえ》に行《い》くにしても、結局学校《けっきょくがっこう》には通《かよ》えないし……まだ働《はたら》いているからこっちに来《き》てもらうわけにもいかなくて」

お母《かあ》さんはわたしの両手《りょうて》をむんずと掴《つか》むと、そのまま頭《あたま》を下《さ》げる。

「無理《むり》言《い》ってるのはわかってる！　でもひなちゃんをひとり残《のこ》してはいけないから、アキちゃんの家《いえ》に預《あず》かってもらうことにしたいの！」

お母《かあ》さんの言葉《ことば》が、ぐるぐるとわたしの頭《あたま》の中《なか》をめぐる。

――わたしがこれから、蒼太《そうた》くんと一緒《いっしょ》に暮《く》らす……？

むり、無理無理無理《むりむりむり》〜〜〜！

「お願《ねが》い、長《なが》くても五月末《ごがつまつ》までだから……！」

たしかに新学期《しんがっき》が始《はじ》まったばかりの学校《がっこう》を休《やす》むのも、ひとりで家《いえ》に残《のこ》るのも無理《むり》って思《おも》うけど、お母《かあ》さんに切実《せつじつ》に頼《たの》みこまれてしまうと弱《よわ》いよお。

お父《とう》さんだって、お母《かあ》さんが来《き》たほうが安心《あんしん》するに決《き》まってる。大《おお》ケガをしているならなおさら。

「〜〜っ、わかった……！」

わたしはこくりとうなずいた。

どっちも不安《ふあん》だけど、そのほうがマシに思《おも》えたんだ。

「ありがとう、ひなちゃん～～！　ちょっとアキちゃんといろいろと調整《ちょうせい》するね」

お母《かあ》さんにぎゅうと抱《だ》きしめられながら、わたしは引《ひ》きつった笑顔《えがお》になっていた。

――ま、まさかこんなことになるなんて……!?

こうしてわたしは、一ヶ月《いっかげつ》の間《あいだ》、お隣《となり》さんの蒼太《そうた》くんのお家《うち》で暮《く》らすことになってしまった。

第三章《だいさんしょう》　土曜日《どようび》・まさかの同居《どうきょ》！

土曜日《どようび》の早朝《そうちょう》。わたしはお母《かあ》さんと一緒《いっしょ》に、ドキドキしながらお隣《となり》さんの玄関扉《げんかんとびら》の前《まえ》に立《た》っている。

お母《かあ》さんはお昼《ひる》にはお父《とう》さんのところへ出発《しゅっぱつ》するんだ。

そう、今日《きょう》から同居生活《どうきょせいかつ》がスタートしちゃう……っ！

「……こんなことになって本当《ほんとう》にごめんね、ひなちゃん」

「う、ううん、大丈夫《だいじょうぶ》だよ！　お父《とう》さんのほうが大変《たいへん》だもん……お母《かあ》さんが来《き》てくれたら、きっとお父《とう》さんも早《はや》くよくなると思《おも》うから」

「うっ、ひなちゃん～！　いい子《こ》ね」

お母《かあ》さんは目《め》をうるませて、わたしをぎゅうと抱《だ》きしめた。

お父《とう》さんと離《はな》れてくらすことになって、今度《こんど》はお母《かあ》さんとも。

ひと月《つき》と少《すこ》しだけとはいえ、さびしくないわけがない。

……でも、ここでわたしがワガママを言《い》ってもお母《かあ》さんを困《こま》らせるだけだもんね。

大変《たいへん》なのはお母《かあ》さんも一緒《いっしょ》だ。

がんばるお母《かあ》さんのためにも、わたしは笑顔《えがお》でいないと。

「もうお母《かあ》さん、暑《あつ》いよ」

四月《しがつ》の真《ま》ん中《なか》くらいだというのに、太陽《たいよう》の日差《ひざ》しはジリジリと肌《はだ》を焦《こ》がす。

お母《かあ》さんに抱《だ》きしめられているのがむずがゆくなって、わたしはそう言《い》った。

——ピンポーン。

お母《かあ》さんが志水《しみず》さん家《ち》のインターホンを押《お》す。

……いよいよだ。

ドアホン越《ご》しに「はーい！」という明《あか》るい声《こえ》が聞《き》こえて、わたしはギュッと身体《からだ》が強《こわ》張《ば》った。

ガチャリ。

「おっはよ〜う！　ヨウちゃんにひなちゃん！」

ドアが開《あ》き、明《あか》るい茶髪《ちゃぱつ》の女《おんな》の人《ひと》がにこやかな笑顔《えがお》で迎《むか》えてくれる。

蒼太《そうた》くんのお母《かあ》さんだ。クールビューティーで、いつもキリッとしていてかっこいい！

いつももじもじしてしまうわたしにもやさしくしてくれる、ステキなママ。

「おはよう。アキちゃん、本当《ほんとう》に急《きゅう》にごめんね……！」

お母《かあ》さんが申《もう》し訳《わけ》なさそうに頭《あたま》を下《さ》げる。

「困《こま》ったときはお互《たが》い様《さま》よ。ひなちゃんパパに大事《だいじ》がなくてよかったねえ！　さ、どうぞ上《あ》がって上《あ》がって」

アキさんはなんてことないみたいにからりと笑《わら》い飛《と》ばす。

ランドセルを背負《せお》ったわたしは、おそるおそる足《あし》を踏《ふ》み入《い》れた。

「ひなちゃんが来《く》るの、すっごく久《ひさ》しぶりだからうれしいわ～！　最近《さいきん》あんまり見《み》かけなかったけど、すっかり大《おお》きくなって。もうお姉《ねえ》さんね」

「あ、はは……」

『大《おお》きくなった』と言《い》われて、わたしはまた心臓《しんぞう》のあたりがキュッとした。

そういう意味《いみ》じゃないって頭《あたま》ではわかってるのに、でもやっぱり『デカ女《おんな》だと思《おも》われているんだ』っていう不安《ふあん》がつきまとう。

アキさんとお母《かあ》さんが話《はな》しているうしろを、わたしはトボトボとついていく。

ほんとうにこれからここで蒼太《そうた》くんたちと暮《く》らすんだ……。

金曜日《きんようび》、蒼太《そうた》くんとは変《へん》な感《かん》じで会話《かいわ》が終《お》わっちゃったし、お兄《にい》ちゃんの紫音《しおん》くんとなんて、本当《ほんとう》に久《ひさ》しぶりだからドキドキする……！

紫音《しおん》くん、記憶《きおく》ではいつもにこにこしててやさしいお兄《にい》ちゃんって感《かん》じだった。

わたしがあまりにも紫音《しおん》くんになつくから、蒼太《そうた》くんと取《と》り合《あ》いのケンカをしちゃったような気《き》もするし……思《おも》い出《だ》すとはずかしくなってきたよ〜。

たしか今《いま》は中学《ちゅうがく》二年生《にねんせい》だから、前《まえ》よりずっとお兄《にい》ちゃんになっているはず。

「紫音《しおん》、蒼太《そうた》。ひなちゃんが来《き》たわよ〜！」

アキさんの呼《よ》びかけに、わたしはますます緊張《きんちょう》してきた。

心臓《しんぞう》の音《おと》がうるさい。

ドキドキしながら、わたしはひょっこりとお母《かあ》さんの背中《せなか》から顔《かお》を出《だ》す。すると、蒼太《そうた》くんとパチリと目《め》が合《あ》った。

わわわ……！

「ほら、ひなちゃん」

お母《かあ》さんに促《うなが》されて前《まえ》に出《で》る。

蒼太《そうた》くんはいつもみたいにクールな顔《かお》で。そして久《ひさ》しぶりの紫音《しおん》くんは、にこにことやさしい笑顔《えがお》を浮《う》かべてこっちを見《み》ている。

ふ、ふたりともイケメンすぎる！　顔《かお》が強《つよ》いよ！

ここにクラスの女子《じょし》がいたら、きゃあきゃあと大《おお》さわぎになってしまったに違《ちが》いない！

「こ、こここ、これから、お世話《せわ》になりましゅっ！」

……あっ。緊張《きんちょう》して、わたしは思《おも》いっきり噛《か》んでしまった。

がばりと下《さ》げた顔《かお》が、はずかしさで熱《あつ》い！

「もう、ひなちゃんったら」

「ふふ、ひなちゃんかわいい～！　うちは男《おとこ》の子《こ》しかいないから、女《おんな》の子《こ》がひとりいるだけでなんだか華《はな》やかでいいわね～」

お母《かあ》さんとアキさんのやさしい声《こえ》にわたしはゆっくりと顔《かお》を上《あ》げた。

はあ……大失敗《だいしっぱい》だよ。

「ひーちゃん、久《ひさ》しぶりだね」

わたしがしょげていると、紫音《しおん》くんがさわやかに声《こえ》をかけてくれる。

まるで、テレビで見《み》る芸能人《げいのうじん》みたいにかっこいい！　昔《むかし》も素敵《すてき》なお兄《にい》さんだったけど、ますますかっこよくなってる……！

三歳年上《さんさいとしうえ》の紫音《しおん》くんは同級生《どうきゅうせい》と比《くら》べたらやっぱり大人《おとな》っぽい。

少《すこ》し目尻《めじり》がたれているところとやわらかい笑顔《えがお》は、やはりとてつもない正統派《せいとうは》イケメンですっごくドキドキする。

それでも、昔《むかし》ながらの呼《よ》び方《かた》とやさしい声《こえ》にほっとする。

「お父《とう》さん、大変《たいへん》だったね。ひーちゃん、うちでゆっくりしていってね～」

紫音《しおん》くんは手《て》をひらひらと振《ふ》ってくれる。

「し、紫音《しおん》くん、これからよろしくお願《ねが》いしますっ」

わたしはぎこちなく笑顔《えがお》を返《かえ》す。

そしたら、今度《こんど》は紫音《しおん》くんのお隣《となり》にいた蒼太《そうた》くんと目《め》が合《あ》った。

「……よろしく、市山《いちやま》」

「う、うん、よろしくね……！」

さっきは笑《わら》ってくれたような気《き》がしたけど、今《いま》の蒼太《そうた》くんはちょっとムッとした顔《かお》をしている。

……やっぱりイヤだよね。わたしなんかが急《きゅう》に一緒《いっしょ》に暮《く》らすことになるなんて。

昨日《きのう》の今日《きょう》だし……！

ちょっとだけさびしい気持《きも》ちになりつつ、わたしはお母《かあ》さんとテーブルの前《まえ》に座《すわ》った。

「これ、よかったらどうぞ」

「あっ、木村《きむら》さんのドーナツ！　うちも大好《だいす》き。ヨウちゃんありがとうね～！」

木村菓子店《きむらかしてん》はこのマンションから歩《ある》いて十分《じっぷん》くらいのところにある洋菓子屋《ようがしや》さん。

ここのドーナツはいつも人気《にんき》で、小《ちい》さいころからよく食《た》べている。朝《あさ》からお母《かあ》さんと一緒《いっしょ》に買《か》いに行《い》ったときも、ドーナツがキラキラしていて選《えら》ぶのがとっても楽《たの》しかったなあ。

「よーし、もうみんなで食《た》べちゃおっか」

ドーナツの箱《はこ》を笑顔《えがお》のアキさんがパカリと開《あ》ける。

チョコ、カラースプレーがのったもの、お砂糖《さとう》をまぶしてあるもの、ほかにもいろいろ……甘《あま》いかおりでいっぱいだ。

「ひーちゃんはどれにする～？　昔《むかし》はこのはちみつ味《あじ》が好《す》きだったよね」

お皿《さら》を持《も》ってきた紫音《しおん》くんが、箱《はこ》の隅《すみ》っこにあるプレーンなドーナツを指《ゆび》さす。

「えっ、うん……今《いま》も大好《だいす》き……です」

紫音《しおん》くんがわたしの好《す》きなドーナツを覚《おぼ》えていてくれたことにびっくり。チョコもお砂《さ》糖《とう》もいいけど、わたしはずっとはちみつ味《あじ》推《お》しだったから！

「そっか！　よーし、ひーちゃんはこれね。

それから蒼太《そうた》はこのチョコのやつっと。母《かあ》さんは砂糖《さとう》をまぶしているやつだよね。それからヨウさんはこのイチゴ味《あじ》」

紫音《しおん》くんはテキパキとドーナツを皿《さら》にのせて、みんなに配《くば》っていく。

わたしたちはポカンとしてその様子《ようす》を眺《なが》め

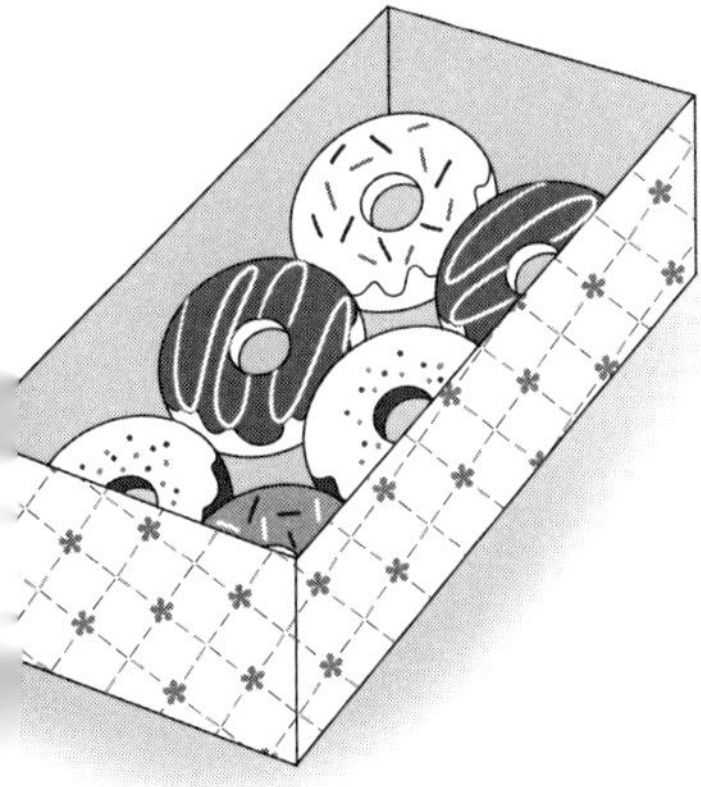

ている。

……みんなの好《す》きなドーナツを覚《おぼ》えてるの!?

それって、すごいことだ。前《まえ》にみんなでドーナツを食《た》べたのなんてけっこう前《まえ》なのに。

「俺《おれ》はこれにしよっと。よし、いただきま〜す」

カラースプレーがのったにぎやかなドーナツを、紫音《しおん》くんがぱくりと頬張《ほおば》る。

「い、いただきます」

「……いただきます」

それに釣《つ》られるようにして、みんなでドーナツを口《くち》に運《はこ》んだ。

うん、やさしい甘《あま》さでとってもおいしい!


「あっ、そろそろ行《い》かないといけないわ」

ドーナツを食《た》べ終《お》わってまったりした気持《きも》ちになったころ、時計《とけい》を見《み》たお母《かあ》さんがはっとした顔《かお》をした。

……出発《しゅっぱつ》の時間《じかん》だ。

「ヨウちゃん、道中気《どうちゅうき》をつけてね。優大《ゆうだい》さんにもお大事《だいじ》にって伝《つた》えて」

アキさんがお母《かあ》さんに声《こえ》をかける。優大《ゆうだい》さんというのは、お父《とう》さんのこと。

「アキちゃん、ほんとにほんとにありがとう。……じゃあひなちゃん、ごめんね。困《こま》ったことがあったらいつでもチャットして。それに通話《つうわ》もしようね」

お母《かあ》さんはしゅんと眉《まゆ》を下《さ》げている。

お留守番《るすばん》の間《あいだ》、わたしはお母《かあ》さんにタブレットを貸《か》してもらう。普段《ふだん》は動画《どうが》しか見《み》ていなかったけど、チャットや通話《つうわ》の使《つか》い方《かた》も昨日練習《きのうれんしゅう》した。

「うん、いってらっしゃい。お母《かあ》さん、ちょっと待《ま》って」

わたしは持《も》ってきたリュックのポケットをゴソゴソと探《さぐ》る。

「お母《かあ》さん、あの。お父《とう》さんにこれを……渡《わた》してほしくて」

「あら、お守《まも》り……？」

わたしは青色《あおいろ》の布《ぬの》で作《つく》ったお守《まも》りをお母《かあ》さんに手渡《てわた》した。

ヘタクソだけど、夜中《よなか》にこっそり作《つく》っていたのだ。

お父《とう》さんの怪我《けが》が早《はや》く治《なお》るようにって、たくさんたくさん願《ねが》いを込《こ》めた。

「ありがとう……！　お父《とう》さんが早《はや》くよくなるようにお母《かあ》さんもがんばるね」

うっすらと潤《うる》んだ瞳《ひとみ》で、お母《かあ》さんは手《て》を振《ふ》って去《さ》っていった。

バタン。

玄関《げんかん》ドアが閉《し》まる。

……いよいよだ。これから、まさかの同居《どうきょ》イベントがスタートする。

ドーナツを食《た》べて落《お》ち着《つ》いていた心臓《しんぞう》が、またざわざわとさわいでいる。

「ひーちゃん。勉強《べんきょう》でわかんないことがあったら俺《おれ》になんでも聞《き》いてね」

見上《みあ》げると、紫音《しおん》くんの整《ととの》った横顔《よこがお》がそこにあった。

ひっ！　まだ見慣《みな》れないから心臓《しんぞう》に悪《わる》いよ～！

余計《よけい》にドキドキしてしまう。

「は、はい。ありがとうございます」

ガチガチになりながら、なんとかそう答《こた》える。

紫音《しおん》くんはたしかとても成績《せいせき》がいいんだよね。

前《まえ》にお母《かあ》さんが言《い》っていた気《き》がするもん。

「はは、なんで敬語《けいご》なの？　前《まえ》みたいに普通《ふつう》にしてくれていいのに～」

紫音《しおん》くんはやさしく笑《わら》っている。

前《まえ》みたいに……って。

たしかに昔《むかし》は面倒見《めんどうみ》のいいお兄《にい》ちゃんだった紫音《しおん》くんによくなついていたけど、もうあのころとは違《ちが》うんじゃないかな？

そう思《おも》っていると、紫音《しおん》くんは何《なに》かを思《おも》い出《だ》したようにフフッと笑《わら》った。

「ひーちゃんさ、俺《おれ》を『ショーンくん』って言《い》ったことあったよね？　舌足《したた》らずですっごくかわいかったな～」

「そ、それは小《ちい》さいころだから……っ！」

わたしはカッと顔《かお》が熱《あつ》くなる。

忘《わす》れてた……！　『しおん』がうまく言《い》えなくて、「お兄《にい》ちゃん」だけで呼《よ》んだこともあったっけ。

「くくっ、ごめんごめん。でも本当《ほんとう》、なんでも聞《き》いてよ」

紫音《しおん》くんの大《おお》きな手《て》がわたしの頭《あたま》に触《ふ》れる。

「〜っ！」

ぽんぽんとやさしく撫《な》でられて、わたしはカチンと固《かた》まってしまった。

「市山《いちやま》には必要《ひつよう》ないだろ」

横《よこ》から蒼太《そうた》くんの声《こえ》がする。

それと同時《どうじ》に頭《あたま》のポンポンの気配《けはい》もなくなっていた。

えっと……？

わたしが首《くび》をかしげると、蒼太《そうた》くんはまっすぐにこっちを見《み》ている。

「だって、市山《いちやま》は普通《ふつう》に頭《あたま》いいから。授業中《じゅぎょうちゅう》もいつもちゃんと真面目《まじめ》にがんばってるし。まあ最近《さいきん》は発表《はっぴょう》とかはしてないけど……」

わたしはびっくりしてしまう。

蒼太《そうた》くんに授業中《じゅぎょうちゅう》のことを知《し》られているとは！　それに、発表《はっぴょう》が苦手《にがて》なのを見抜《みぬ》かれちゃってる……！

手《て》を挙《あ》げて立《た》つと、自分《じぶん》の身長《しんちょう》が際立《きわだ》つ気《き》がしてイヤ。

「へえ〜。蒼太《そうた》、ひーちゃんのことよく見《み》てるんだねえ」

「は!? なんっ、ゲホ！」

紫音《しおん》くんが蒼太《そうた》くんの背中《せなか》をパシリと叩《たた》くと、蒼太《そうた》くんはゴホゴホとむせた。

「だ、大丈夫《だいじょうぶ》？ 蒼太《そうた》くん、何《なに》か飲《の》みもの……っ」

わたしがあわてると、アキさんが「あらあら」と言《い》いながら、蒼太《そうた》くんに飲《の》みものを持《も》ってきてくれた。

グラスに注《そそ》がれた牛乳《ぎゅうにゅう》を一気《いっき》に飲《の》み干《ほ》す蒼太《そうた》くん。

ゴクゴクと喉《のど》が鳴《な》り、とってもおいしそうだ。

「あ、そういえばひなちゃんは牛乳《ぎゅうにゅう》が大好《だいす》きだったよね？ 思《おも》い出《だ》すなあ～、昔《むかし》、蒼太《そうた》と並《なら》んでお菓子《かし》を食《た》べていたこと。ふたりともかわいかったなあ～」

言《い》いながら、アキさんがしみじみとうなずいている。

わたしも覚《おぼ》えている、このリビングで、蒼太《そうた》くんと一緒《いっしょ》にお菓子《かし》を食《た》べたこと。

――あれ、でもあのときの蒼太《そうた》くんは、牛乳《ぎゅうにゅう》を残《のこ》してたような気《き》も……？

もったいないなあって思《おも》った記憶《きおく》がある！

アキさんはわたしのコップを見《み》て、不思議《ふしぎ》そうな顔《かお》をした。

「あれ、ひなちゃんお茶《ちゃ》だったの？　牛乳《ぎゅうにゅう》もあるよ、飲《の》む？」

「……い、いえ、大丈夫《だいじょうぶ》です！」

わたしは首《くび》を横《よこ》に振《ふ》る。

だめだめ、牛乳《ぎゅうにゅう》は絶対《ぜったい》にだめなんだから！

「そう？　遠慮《えんりょ》しなくていいのよ」

「えっと、今《いま》は牛乳《ぎゅうにゅう》よりもお茶《ちゃ》のほうが好《す》きで……」

しどろもどろになりながらそう答《こた》えると、アキさんは「そうなんだね」と言《い》った。

納得《なっとく》してくれたみたい。

「蒼太《そうた》はね、今《いま》はとっても牛乳《ぎゅうにゅう》が大好《だいす》きなのよ。毎日一本《まいにちいっぽん》は飲《の》むからもういっぱい買《か》わなきゃいけなくて大変《たいへん》なの」

「そうなんですね……？」

「ほらこの前《まえ》、身体測定《しんたいそくてい》があったでしょ？　去年《きょねん》の十月《じゅうがつ》より五《ご》センチ以上《いじょう》も伸《の》びてたのに、まだまだもーっと大《おお》きくなりたいって言《い》って――」

「ごちそうさま」

アキさんの話《はなし》の途中《とちゅう》で、蒼太《そうた》くんが急《きゅう》に立《た》ち上《あ》がった。空《から》っぽになったコップとお皿《さら》をキッチンのほうへ持《も》っていく。

「市山《いちやま》もちょっと来《き》て。部屋《へや》の案内《あんない》するから」

「あ、うん……！」

蒼太《そうた》くんにぶっきらぼうに言《い》われて、わたしは急《いそ》いでお茶《ちゃ》を飲《の》む。

アキさんの話《はなし》を途中《とちゅう》で切《き》り上《あ》げることになっちゃった。

あわてて見《み》てみると、アキさんはニコニコと笑《わら》っている。紫音《しおん》くんも。

「こっち」

いつの間《ま》にか、蒼太《そうた》くんはわたしのランドセルを持《も》ってくれていた。

「あ、待《ま》って、蒼太《そうた》くん！」

わたしもほかの荷物《にもつ》を持《も》って、蒼太《そうた》くんのうしろを追《お》いかける。

うちと志水家《しみずけ》は同《おな》じマンションのお隣《となり》さんだから、構造《こうぞう》はほとんど同《おな》じ。でも部屋《へや》の配《はい》置《ち》が左右対称《さゆうたいしょう》で、逆《ぎゃく》なところもあるみたい。

廊下《ろうか》から見《み》たお風呂《ふろ》の場所《ばしょ》とかが、うちと正反対《せいはんたい》になってるだけだ！

「そっか、蒼太《そうた》くん家《ち》だとこっちがお風呂《ふろ》になるんだね」

「そう。それからトイレはこっち。覚《おぼ》えてるかもだけど」

蒼太《そうた》くんに案内《あんない》してもらいながら、わたしはちょっとだけホッとした。

同《おな》じ構造《こうぞう》だとわかれば、少《すこ》し安心《あんしん》。なんとかなるかも！

それにしても蒼太《そうた》くんは、わたしのランドセルを軽々《かるがる》と持《も》ってくれている。

さっきも当《あ》たり前《まえ》みたいに持《も》ってくれたし、やさしいなあ。

「あの、ごめんね蒼太《そうた》くん。急《きゅう》にわたしがおじゃますることになって迷惑《めいわく》だよね」

廊下《ろうか》に戻《もど》ったところで、わたしは蒼太《そうた》くんにだけ聞《き》こえるように小《ちい》さな声《こえ》でそう言《い》った。

突然《とつぜん》クラスメイトと一緒《いっしょ》に暮《く》らすことになったなんて、蒼太《そうた》くんも本当《ほんとう》に困《こま》ったはず。

「……別《べつ》に気《き》にすんな。大変《たいへん》なのは、市山《いちやま》の家《いえ》のほうだろ。母《かあ》さんなんて、市山《いちやま》が来《く》るって決《き》まってからウキウキで部屋《へや》の掃除《そうじ》してたからな」

蒼太《そうた》くんはあきれ顔《がお》。

「……そうなの？」

「『家《うち》には女《おんな》の子《こ》がいないからうれしい』って言《い》ってた。あと、荷物《にもつ》でごった返《がえ》してた部《へ》屋《や》がおかげできれいに片付《かたづ》いたらしい。ほら、こっち」

「う、うん」

蒼太《そうた》くんが案内《あんない》してくれた部屋《へや》は、偶然《ぐうぜん》にもわたしが自宅《じたく》で使《つか》っている部屋《へや》と同《おな》じ間取《まど》りの部屋《へや》だった。

荷物《にもつ》だらけだったという割《わり》にはきれいに片付《かたづ》いているし、淡《あわ》いピンクのカーペットや花《はな》柄《がら》の掛《か》け布団《ぶとん》……！

もしかして、わたしのために用意《ようい》してくれたのかな？

「かわいい！」

わたしはうっかりそう口《くち》にしていた。そしてハッと我《われ》に返《かえ》る。

そうだった、ここには蒼太《そうた》くんがいたんだった……！

普段《ふだん》はどちらかといえば白黒《しろくろ》やアースカラーのボーイッシュな服《ふく》を着《き》ているわたしが、こんなかわいらしいお部屋《へや》で喜《よろこ》んでいるところを見《み》られちゃうなんて！

クラスの男子《だんし》にばれたら、「キャラじゃない」って笑《わら》われちゃうよ……

ビクビクしながら蒼太《そうた》くんのほうを見《み》る。

そうしたら、蒼太《そうた》くんは棚《たな》の上《うえ》にランドセルをのっけているところだった。

なんにも気《き》にしてないみたい……？

「ここの棚《たな》は好《す》きに使《つか》っていいってさ。でも、あそこのクローゼットは絶対《ぜったい》に開《あ》けるなよ」

「う、うん……！」

深刻《しんこく》な顔《かお》の蒼太《そうた》くんにすごまれて、わたしはゴクリとつばをのむ。

な、何《なに》があるんだろう……！

「開《あ》けたら、無理《むり》やりつめ込《こ》んだものがなだれを起《お》こす。うちの母《かあ》さんの片付《かたづ》け最終手《さいしゅうしゅ》段《だん》だから。本当《ほんとう》にやばい」

「……！　わかった、気《き》をつけるね」

それってうちのお母《かあ》さんもよくやっているやつ！

たしかに危険《きけん》だ。

絶対《ぜったい》にさわらないようにしなきゃ！

「……ほかに気《き》になることでもあるのか？」

思《おも》わず蒼太《そうた》くんをじっと見《み》てしまって、蒼太《そうた》くんは不思議《ふしぎ》そうに聞《き》いてきた。

「え、ええと……」

「うん」

蒼太《そうた》くんはわたしが話《はな》すまで待《ま》っているみたい。

黙《だま》ってやりすごそうと思《おも》ったけど、するどい目《め》でじっと見《み》られると、ごまかせない！

「えと……あの、かわいいお部屋《へや》だなって……」

わたしはおずおずとそう口《くち》に出《だ》した。

難《むずか》しい顔《かお》をしていたはずの蒼太《そうた》くんは、ふっと表情《ひょうじょう》をゆるめる。

……わ、笑《わら》ってる……!?

いつもよりも蒼太《そうた》くんの表情《ひょうじょう》がやわらかい気《き》がする。

「母《かあ》さんが気合《きあい》入《い》れてたからな。市山《いちやま》の好《す》きな色《いろ》とか、おれに聞《き》いてきたし」

「じゃあ、蒼太《そうた》くんがピンクって言《い》ってくれたの？」

わたしは目《め》を丸《まる》くする。

学校《がっこう》ではピンクのものなんて使《つか》ってないし、服装《ふくそう》も違《ちが》う。なのになんで、わたしが本当《ほんとう》はピンクが好《す》きだって知《し》ってるんだろう。

「〜っ、なんでもない。荷物《にもつ》置《お》いたら戻《もど》るぞ！」

あわててパッと顔《かお》をかくした蒼太《そうた》くんが、すたすたと部屋《へや》を出《で》て行《い》っちゃった！

「あ、うん！」

わたしはあわてて荷物《にもつ》を置《お》いて、その背中《せなか》を追《お》いかける。

ど、どうしたんだろう……!?

同《おな》じ家《いえ》の中《なか》だから、すぐに追《お》いつくけど……！

「あ、おかえり〜」

リビングに戻《もど》ると、紫音《しおん》くんがテーブルの後片付《あとかたづ》けをしていた。

「ひーちゃん、ピザは好《す》き？」

「好《す》き……です」

突然《とつぜん》の質問《しつもん》にすぐに答《こた》えてみたけど、なんだろう？

「そっか、よかった〜。今《いま》からひーちゃんの歓迎会《かんげいかい》をしようと思《おも》ってて。お昼《ひる》はピザにする予定《よてい》だからさ」

「かんげいかい……？」

予想《よそう》していなかった言葉《ことば》に、まばたきを何回《なんかい》もしてしまう。

「はは、そんな身《み》がまえなくていいよ～。参加《さんか》するのは俺《おれ》らとひーちゃんだけだし。ピザ食《た》べたりゲームしたり、好《す》きなお菓子《かし》とかコンビニアイスとか買《か》ってさ！」

ピザとアイスとゲーム……？　なんて魅惑的《みわくてき》なひびき！

とっても楽《たの》しそう……！

紫音《しおん》くんの提案《ていあん》にわくわくして、星《ほし》が輝《かがや》くようなきらめきを感《かん》じる。

わたしの反応《はんのう》を見《み》た紫音《しおん》くんはにんまりと笑《わら》う。

「それじゃ、お昼《ひる》まではまずは三人《さんにん》でゲームでもしよう！」

よく見《み》ると、蒼太《そうた》くんはテレビのところで黙々《もくもく》とゲーム機《き》のセッティングをしていた。

紫音《しおん》くんにぽすりと渡《わた》された、車《くるま》のハンドル型《がた》のコントローラー。

ドキドキしながらわたしはうなずいた。


「わ、わわわあああ……!?」

「ちょ、ひーちゃん、それ絶対俺《ぜったいおれ》に当《あ》てないでね～！」

コントローラーを持《も》ったまま身体《からだ》を大《おお》きく右《みぎ》にかたむけて、わたしは大絶叫《だいぜっきょう》する。

今《いま》やっているゲームは、わたしがやったことがあるものをということで蒼太《そうた》くんが選《えら》んでくれたレースゲーム。

それぞれキャラクターとマシンを選《えら》んで、みんなで競争《きょうそう》してるんだ！　コースの途中《とちゅう》にある虹色《にじいろ》のボックスに触《ふ》れたらアイテムを手《て》に入《い》れられる。

わたしは何《なに》かのアイテムをゲットしたみたいなんだけど……っ！

「え、えっと、どれを押《お》したらいいの？　ボタンがよくわからなくてっ」

「わ〜〜〜！」

無我夢中《むがむちゅう》でコントローラーのボタンを押《お》したら、わたしの車《くるま》から発射《はっしゃ》されたボールが、紫音《しおん》くんが操作《そうさ》するキャラクターにぶつかっちゃった！

くるくるとスピンしてしまった横《よこ》を、ほかのキャラたちがビュンビュンと追《お》い抜《ぬ》く。

わわ、紫音《しおん》くん、ごめんなさい〜〜っ！

心《こころ》の中《なか》で謝《あやま》ったけど、わたしが動《うご》かしているお姫様《ひめさま》は、そのままゴールした。

「ご、ごめんね、紫音《しおん》くん」

「ううん……いいんだよ、ひーちゃん……」

「兄《にい》ちゃんは昔《むかし》からこういう感《かん》じだから、気《き》にするな」

うちひしがれている紫音《しおん》くんに、蒼太《そうた》くんはあきれ顔《がお》。

蒼太《そうた》くんは最初《さいしょ》っから独走《どくそう》してずいぶん早《はや》くにゴールをしていた。

結果《けっか》はもちろん一位《いちい》！

「蒼太《そうた》くん、あいかわらずゲームが上手《じょうず》なんだね」

昔《むかし》はよく一緒《いっしょ》にゲームをしたなあ……！

そのころからとっても上手《じょうず》だった。

変《か》わらないことがうれしくて、わたしは蒼太《そうた》くんに笑顔《えがお》でそう言《い》った。ゲームのおかげか、緊張《きんちょう》がすっかりほどけている。

「……ありがとう。市山《いちやま》もけっこうすげーじゃん」

「え、でもわたしなんて五位《ごい》だよ？」

「兄《にい》ちゃんは七位《なない》より上《うえ》になったことないからな」

「ええっ！　それは……本当《ほんとう》に？」

びっくりして、ついつい疑《うたが》いの目《め》を紫音《しおん》くんに向《む》けてしまう。

勉強《べんきょう》もスポーツもなんでもできる完《かん》ぺき超人《ちょうじん》のイメージがあるのに、すっごく意外《いがい》！

紫音《しおん》くんは決《き》まりが悪《わる》そうにぽりぽりとほほをかいた。

「謎解《なぞと》きゲームなら自信《じしん》あるんだけどな……」

「まあ、言《い》っても兄《にい》ちゃんはパーティゲームとかも反応鈍《はんのうにぶ》いけどな」

「わ！　蒼太《そうた》、それ言《い》うなよ～」

紫音《しおん》くんがそう言《い》って蒼太《そうた》くんにすがりつくような仕草《しぐさ》をする。

それに対《たい》して蒼太《そうた》くんはどこか冷《ひ》ややかで……。

――あれ？　なんだかこの光景《こうけい》を目《め》にしたことがあるような。いや、こういうやりとりをどこかで聞《き》いたことがあるような？

蒼太《そうた》くんと紫音《しおん》くんのやりとりを見《み》ていたら不思議《ふしぎ》な気持《きも》ちになる。

ああでも、ふたりのやりとりをなつかしく思《おも》うのは当《あ》たり前《まえ》かも！

だってわたしたち、幼《おさな》なじみだもん。はっきりおぼえてないだけで、昔《むかし》も同《おな》じようなやりとりをしてたんだ。

「市山《いちやま》。次《つぎ》は何《なに》やる？」

「あっ、えっと！」

考《かんが》え事《ごと》をしていたわたしは、急《きゅう》に話《はな》しかけられてワタワタしてしまった。

ゲームが好《す》きだからか、蒼太《そうた》くんの声《こえ》はいつもよりもずっと楽《たの》しそう！　なんだかうれしい。

「よし、ひーちゃん。次《つぎ》はチーム戦《せん》で蒼太《そうた》をボコボコにしてやろう！」

立《た》ち直《なお》った紫音《しおん》くんが、こぶしをかかげる。

元気《げんき》になったみたい！

でも、蒼太《そうた》くんにはわたしたちふたりでもかなわないんじゃ……

「……ふーん、受《う》けて立《た》つ」

「えっ、ええっ」

「よーし！　じゃあこの風船《ふうせん》バトルにしよう。俺《おれ》とひーちゃんは赤《あか》にするから、蒼太《そうた》は青《あお》チームな～」

「わかった」

紫音《しおん》くんと蒼太《そうた》くんの勢《いきお》いに乗《の》り、二回戦《にかいせん》はカートに取《と》りつけられた風船《ふうせん》をより多《おお》く割《わ》ったチームが勝《か》ちになる……というモードで遊《あそ》ぶことに。

み、見《み》える！　蒼太《そうた》くんの背中《せなか》にめらめらと静《しず》かな炎《ほのお》がもえてるように見《み》えるよ～！

「絶対《ぜったい》に勝《か》とうね」と柔《やわ》らかい笑顔《えがお》の紫音《しおん》くん。

わたしはビリビリとした勝負《しょうぶ》の空気《くうき》を感《かん》じながら、ハンドルをにぎりしめた。


——その結果《けっか》。


「なんで!?　蒼太《そうた》ほんとに強《つよ》すぎだろ～!?」

ひとりでとんでもない数《かず》の風船《ふうせん》を破壊《はかい》した蒼太《そうた》くんは、見事《みごと》にぶっちぎりで勝利《しょうり》。

「蒼太《そうた》くん、すごいね……！」

蒼太《そうた》くんに風船《ふうせん》を壊《こわ》されてばかりだったらしい紫音《しおん》くんは悔《くや》しそう。

わたしはほかのキャラクターの風船《ふうせん》を偶然壊《ぐうぜんこわ》せたけど、蒼太《そうた》くんは本当《ほんとう》にすごいなぁ！

「なあなあ、蒼太《そうた》。今度《こんど》このゲームみんなでやってみない？　新《あたら》しいゲームじゃないけど、みんなでやったら逆《ぎゃく》に新鮮《しんせん》でおもしろそ～」

「別《べつ》にいいけど……四人《よにん》プレイで？」

「蒼太《そうた》と俺《おれ》と……あとはカネちとモモがいればいいんじゃない？」

「ふうん……まあ、チーム戦《せん》なら盛《も》り上《あ》がるかもな」

紫音《しおん》くんと蒼太《そうた》くんが何《なに》かの話《はなし》をしている。

お友達《ともだち》ともこのゲームをやるのかな？　たしかに、みんなでやると盛《も》り上《あ》がって楽《たの》しいだろうな。わたしでもできるくらいだもん。

常《つね》に冷静《れいせい》でどんどん点数《てんすう》を稼《かせ》いでいく蒼太《そうた》くんと、風船《ふうせん》が一個《いっこ》壊《こわ》れるたびに「うわああ」「やられた」「ひどすぎー！」と大《おお》さわぎする紫音《しおん》くんの対比《たいひ》がおもしろい。

わたしもプレイ中《ちゅう》につい笑《わら》っちゃった！

「はー。さんざんさわいだらすごく喉渇《のどかわ》いたな～」

立《た》ち上《あ》がった紫音《しおん》くんが飲《の》みものを取《と》ろうとすると、あいにく全員《ぜんいん》のグラスは空《から》っぽ。

よし、と立《た》ち上《あ》がった紫音《しおん》くんは冷蔵庫《れいぞうこ》へ向《む》かう。

「ひーちゃんは何飲《なにの》む～？　蒼太《そうた》は牛乳《ぎゅうにゅう》でいいよな」

「あっ、わたしは自分《じぶん》で……」

「いいよいいよ。うわ、母《かあ》さん牛乳《ぎゅうにゅう》めちゃくちゃ買《か》ってる……ちょ、もう全員牛乳《ぜんいんぎゅうにゅう》でいくね～」

紫音《しおん》くんは一度《いちど》洗《あら》った全員《ぜんいん》のグラスにコポコポと牛乳《ぎゅうにゅう》を注《そそ》いだ。

う……牛乳《ぎゅうにゅう》……！

魅惑《みわく》の真《ま》っ白《しろ》の飲《の》みものが目《め》の前《まえ》に置《お》かれる。

蒼太《そうた》くんはさっとそれを取《と》って、またしてもあっという間《ま》に飲《の》み干《ほ》しちゃった！

本当《ほんとう》は大好《だいす》きな牛乳《ぎゅうにゅう》……よく冷《ひ》えていて、とってもとってもおいしそう……！

「はーーーー！　冷《ひ》えた牛乳《ぎゅうにゅう》うま～！」

紫音《しおん》くんが本当《ほんとう》においしそうな声《こえ》を出《だ》す。

う、うう……ふたりとも、その反応《はんのう》はずるいよ……！

わたしは誘惑《ゆうわく》に負《ま》けてグラスを手《て》に取《と》る。

ひんやりして、真《ま》っ白《しろ》で。

すでにおいしいってわかる。

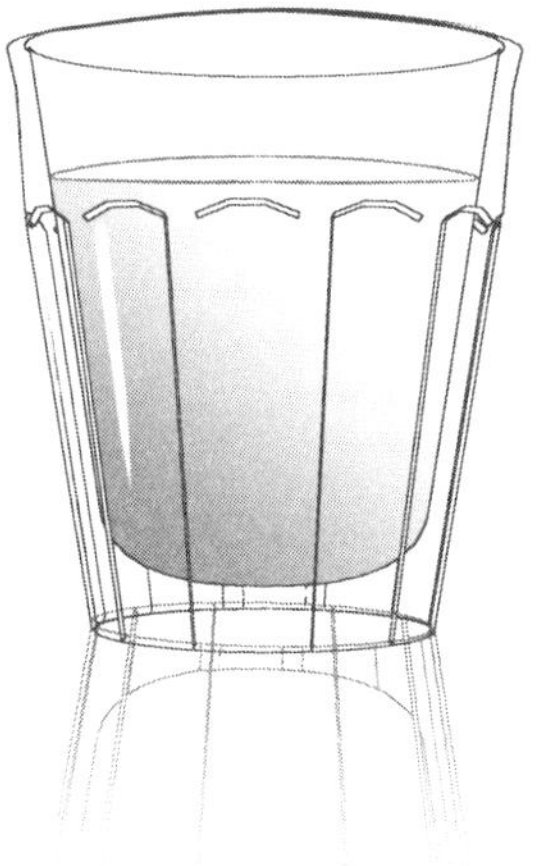

「……いただきます」

あっさりと誓《ちか》いをやぶったわたしは、こくりとひと口《くち》飲《の》んだ。

おいしい。

甘《あま》くて冷《つめ》たくて、柔《やわ》らかい味《あじ》。

もうひと口《くち》、もうひと口《くち》……としていたら、わたしのグラスもすっかり空《から》っぽになってしまった。

うっ……本当《ほんとう》は大好《だいす》きだったから、我慢《がまん》できなかったよ……。

「いい飲《の》みっぷりだね～！　蒼太《そうた》もひーちゃんもおかわりいる？」

「いる」

「わたしは大丈夫《だいじょうぶ》、です」

断《ことわ》ったわたしと反対《はんたい》に即答《そくとう》した蒼太《そうた》くんは、また牛乳《ぎゅうにゅう》を一瞬《いっしゅん》で飲《の》み干《ほ》した。

口元《くちもと》を拭《ぬぐ》いながらわたしのほうを見《み》る。

何《なに》か言《い》われるのかなとドキドキしていたら、しばらく無言《むごん》だった蒼太《そうた》くんはゲームカードを取《と》り出《だ》した。

「市山《いちやま》、ほかにやりたいやつある？」

「えっ、ええっと……わたしができるものあるかなあ」

「……前《まえ》、これもやってなかったっけ？」

「あ、覚《おぼ》えてる！　ふふ、わたしがヘタだったから、蒼《そう》太《た》くんが手《て》伝《つだ》ってくれてたやつだよねえ」

このゲームはふたりで敵《てき》をたおしながら進《すす》むアクションゲーム。わたしが何度《なんど》も失敗《しっぱい》してしまったのを蒼《そう》太《た》くんに助《たす》けてもらったんだ！

幼稚園《ようちえん》のころの楽《たの》しい思《おも》い出《で》。

まだわたしが、ほかの子《こ》よりちょっと大《おお》きいことなんかまるで気《き》にしていなかったころ。

あのころはよかったな……

なんだかちょっと切《せつ》ない気持《きも》ちになりながらも、その日《ひ》は三人《さんにん》でピザを食《た》べたりゲームをしたり、とっても楽《たの》しかった！

夜《よる》。わたしはむくりと目《め》を覚《さ》ました。

「……トイレ行《い》きたい」

のっそりと起《お》き上《あ》がって目《め》をこすりながら廊下《ろうか》に出《で》る。

ふわあ、早《はや》く戻《もど》って寝《ね》よ……

暗《くら》い廊下《ろうか》を壁伝《かべづた》いに歩《ある》いて、トイレをすませて部屋《へや》に戻《もど》る。

廊下《ろうか》をまっすぐいって、左《ひだり》。いつもの感覚《かんかく》で、わたしはドアノブに手《て》をかける。ドアを開《あ》けて、ベッドにダイブしよう――

「あれ……？」

電気《でんき》を消《け》したままだったはずなのに、部屋《へや》がとてもまぶしい。

思《おも》わず目《め》を閉《と》じて、それからゆっくりと目《め》を開《あ》ける。

テレビがある。

その前《まえ》にはヘッドホンを着《つ》けた蒼太《そうた》くんと紫音《しおん》くんがいて。

何《なに》かをカチャカチャと操作《そうさ》していて……

……あれ？　何《なに》かがおかしい。

なんでわたしの部屋《へや》に蒼太《そうた》くんたちがいるんだろう？

「え……市山《いちやま》……？」

こっちを見《み》た蒼太《そうた》くんが、びっくりした顔《かお》をしている。

あれ？　夢《ゆめ》でも見《み》てるのかな。

ふわふわとした頭《あたま》はそんな考《かんが》えでいっぱいだ。

「なあなあ、アオ。この先《さき》の小屋《こや》で物資補給《ぶっしほきゅう》しよう～！　おーいアオってば、何《なに》してんの」

紫音《しおん》くんは隣《となり》の蒼太《そうた》くんに呼《よ》びかけながら、その視線《しせん》の先《さき》を追《お》った。

「このままじゃやられちゃうって～……うお？」

わたしと目《め》が合《あ》った紫音《しおん》くんは、目《め》を見開《みひら》いてヘッドセットを外《はず》した。

「……どうした、ひーちゃん。部屋《へや》はあっちだよ？」

こっそりとした声《こえ》で、紫音《しおん》くんがやさしく教《おし》えてくれる。

部屋《へや》はあっち。

――ここ、蒼太《そうた》くんたちのお部屋《へや》だ……!?

ようやくわたしのポヤポヤした意識《いしき》がクリアになった。

そうだ、ここは蒼太《そうた》くんのお家《うち》で、わたしは同居《どうきょ》することになって、それに用意《ようい》してもらったお部屋《へや》はここじゃなくて向《む》かいだ……！

そこまで考《かんが》えたところで、わたしは蒼太《そうた》くんたちの部屋《へや》に間違《まちが》って入《はい》ってしまったことを思《おも》い出《だ》した。

ふたりはとてもびっくりした顔《かお》をしている。

「ご、ごめんなさい……っ！」

頭《あたま》を下《さ》げて、急《いそ》いで部屋《へや》から出《で》る。

これまでにないすばやさで、自分《じぶん》にびっくりだ。

部屋《へや》に戻《もど》って頭《あたま》から布団《ふとん》をかぶる。

ドキドキ、ドキドキ。

心臓《しんぞう》はイヤな感《かん》じにさわぎまくっている。

——さっき、何《なに》が起《お》きた？

「……ちょっと待《ま》って、一個《いっこ》ずつ、考《かんが》えてみる……」

今日《きょう》から蒼太《そうた》くんたちと同居《どうきょ》することになって。

一回寝《いっかいね》たら自分《じぶん》の家《いえ》にいるような気持《きも》ちになって、部屋《へや》を間違《まちが》えて。

そしてそこに蒼太《そうた》くんと紫音《しおん》くんがいて。

あわててこの部屋《へや》に戻《もど》ってきた。

まとめてみるとそんな感《かん》じ。

急《きゅう》に部屋《へや》に侵入《しんにゅう》しちゃうなんて、同居《どうきょ》のマナーを初日《しょにち》からやぶってる……！

お互《たが》いのプライバシーを守《まも》るのは大事《だいじ》だってお母《かあ》さんもよく言《い》ってるもの！

「……今日《きょう》もブラストの配信《はいしん》やってたよね」

ふと思《おも》い立《た》ったわたしは、充電《じゅうでん》していたタブレットの電源《でんげん》を入《い》れた。

いつもの動画《どうが》アプリのマークをぽんと押《お》す。

「今日《きょう》のブラストはたしか……アオの……」

《ゲーム企画《きかく》・ライブでサバゲーやってみる》

そんなタイトルの最新動画《さいしんどうが》が一番左《いちばんひだり》に出《で》てきた。

ライブ配信《はいしん》と呼《よ》ばれるリアルタイムでの配信《はいしん》は、編集《へんしゅう》されていないぶん、素《す》の会話《かいわ》が見《み》られて楽《たの》しいんだ！

「これ……だよね」

まだライブ中《ちゅう》らしく、『アイランドサバイバル』で遊《あそ》んでいるブラストのアオとシオンの様子《ようす》が映《うつ》し出《だ》されている。

『アイランドサバイバル』はオンラインゲームで、同時《どうじ》にログインした全世界《ぜんせかい》のユーザー百人《ひゃくにん》で遊《あそ》ぶもの。

島《しま》に降《お》り立《た》ったキャラクターが、最後《さいご》のひとりを目指《めざ》して狙撃《そげき》しまくる生《い》き残《のこ》りを賭《か》けたサバイバルゲーム。

アオ単体《たんたい》だったり、シオンやリーダーのアカネっちも一緒《いっしょ》によくやったりしてて……わたしもわくわくしながら見《み》てるんだ。

《なんか今日《きょう》、アオ調子《ちょうし》悪《わる》いね？　風邪《かぜ》？》

《さっきまで絶好調《ぜっこうちょう》だったのに》

《さっき変《へん》な物音《ものおと》聞《き》こえたよね？　母親《ははおや》でも見《み》にきたのかも。草《くさ》すぎ》

《シオンはいつも通《どお》りw》

コメント欄《らん》を流《なが》れるのは、リスナーたちの言葉《ことば》。

どうやら百戦錬磨《ひゃくせんれんま》のアオが調子《ちょうし》を崩《くず》してしまったらしい。すっごくめずらしい。

わたしはさっきのことを思《おも》い出《だ》す。

紫音《しおん》くん、蒼太《そうた》くんを『アオ』って呼《よ》んでたような……

「ゲームがうまい蒼太《そうた》くん……ブラストのアオ……それにシオン。これって、偶然《ぐうぜん》なのかな……？」

目《め》まぐるしく動《うご》く画面《がめん》をぼんやりと眺《なが》める。

アオがめずらしく狙撃《そげき》を失敗《しっぱい》して、最後《さいご》のひとりになれなかったところでライブは終《お》わった。

ちなみにシオンはわたしが見始《みはじ》めたときにはすでに退場《たいじょう》していた。

うーん、うーん。なんだか眠《ねむ》たいし、さっきの出来事《できごと》も夢《ゆめ》のように思《おも》えてきちゃった。

「あっもしかして、蒼太《そうた》くんたちも同《おな》じゲームに参加《さんか》してたのかも！　そっか、それでアオじゃなくて蒼太《そうた》くんが一番《いちばん》になったんだ！」

わたしはハッとする。

そう考《かんが》えると、とてもスッキリ。

百人《ひゃくにん》も参加《さんか》するゲームだ。ブラストのファンの中《なか》には、同《おな》じ枠《わく》でゲームしたいって思《おも》う人《ひと》もいると思《おも》う。わたしだって、もっとゲームがうまかったらやってみたいもん。

「そういうことかあ……」

結論《けつろん》が出《で》て安心《あんしん》したわたしは、また自然《しぜん》と眠《ねむ》くなってくる。

おやすみなさい――心《こころ》の中《なか》でそうつぶやいて、わたしはまた眠《ねむ》りに落《お》ちた。

第四章《だいよんしょう》　日曜日《にちようび》・ふたりの秘密《ひみつ》を知《し》ってしまった！

「う～～ん、よく寝《ね》た」

窓《まど》から、まぶしいおひさまの光《ひかり》が差《さ》し込《こ》んでいる。

二度寝《にどね》をして、すっかり元気《げんき》になったわたしは大《おお》きく伸《の》びをした。

なんだかとっても楽《たの》しい夢《ゆめ》を見《み》た気《き》がするんだけど、夢《ゆめ》だったのかな……？

「わあ、もうこんな時間《じかん》だ」

時計《とけい》を見《み》ると、短《みじか》い針《はり》は八《はち》の数字《すうじ》の少《すこ》し上《うえ》を指《さ》していた。

「寝坊《ねぼう》しちゃった！」とあわてたけど、今日《きょう》は日曜日《にちようび》で学校《がっこう》は休《やす》み。

ホッと安心《あんしん》したわたしは、洋服《ようふく》に着替《きが》えて、部屋《へや》から飛《と》び出《だ》す。すると、ちょうど向《む》かいの部屋《へや》から出《で》てきた蒼太《そうた》くんとバッタリ会《あ》っちゃった！

「あっ、蒼太《そうた》くん。おはよう……！」

「市山《いちやま》……はよ」

蒼太《そうた》くんは、ちょっと照《て》れくさそうな顔《かお》をしている。

その顔《かお》を見《み》てわたしはハッとした。

そういえば、昨日《きのう》、勝手《かって》に蒼太《そうた》くんの部屋《へや》に入《はい》っちゃったような……

眠《ねむ》たかったからよく覚《おぼ》えていないんだけど……タブレットで動画《どうが》を見《み》たのは、現実《げんじつ》だったのかな？　それとも夢《ゆめ》だったのかな？

変《へん》な時間《じかん》に起《お》きて動画《どうが》を見《み》ちゃったから、夢《ゆめ》と現実《げんじつ》がごちゃごちゃになってよくわからなくなっちゃった！

わたしがオロオロしていると、蒼太《そうた》くんはため息《いき》をつく。

「ちょうどよかった。ちょっとこっちに来《き》て」

一瞬《いっしゅん》だけ迷《まよ》ったような顔《かお》をした蒼太《そうた》くんに、手首《てくび》をぎゅっと掴《つか》まれた。

「えっ」

一体《いったい》、どんな話《はなし》だろう……！

蒼太《そうた》くんの部屋《へや》に入《はい》ると、そこには二段《にだん》ベッドの下《した》でまだ寝《ね》ている紫音《しおん》くんがいた。

青《あお》と紫《むらさき》を中心《ちゅうしん》とした色合《いろあ》いの部屋《へや》は落《お》ち着《つ》いた雰囲気《ふんいき》。机《つくえ》の上《うえ》には大《おお》きなテレビとノートパソコンと、それからマイクやヘッドホンがたくさん置《お》いてある。

昨日見《きのうみ》たものと……同《おな》じだ……！

「市山《いちやま》……昨日《きのう》の夜《よる》、おれたちがゲームやってるの見《み》たよな？」

蒼太《そうた》くんにジロリと見《み》られて、わたしはどきりとした。

「ご、ごめん！　あれってやっぱり夢《ゆめ》じゃなかったんだね？　寝《ね》ぼけてて、トイレの帰《かえ》りに部屋《へや》を間違《まちが》えちゃって……！」

わたしはあわてて謝《あやま》る。勝手《かって》に部屋《へや》に入《はい》るのはルール違反《いはん》だよね……！

「やっぱり……。おれらが何《なに》やってたか気《き》づいた？」

「う、うん……『アイサバ』をやってたよね。ブラストと同《おな》じ……」

あれはテレビじゃなくて、オンラインゲームだった。ブラストと一緒《いっしょ》にプレイをするために、蒼太《そうた》くんたちも夜中《よなか》まで起《お》きていたんだよね。

もしかして、蒼太《そうた》くんたちはお母《かあ》さんに内緒《ないしょ》でやってたのかな？

わたしの答《こた》えに、蒼太《そうた》くんは真面目《まじめ》な顔《かお》をした。

「市山《いちやま》……おれがブラストのアオだって、誰《だれ》にも言《い》わないでほしい」

「えっ？」

『ブラスト』って、あの『ブラスト』……!?

……蒼太《そうた》くんは、本当《ほんとう》に、わたしが推《お》しているアオ!?

えええええええ!?　そんなことあるっ!?

——いやでも、そんなわけないよ。冷静《れいせい》に考《かんが》えてみて。

頭《あたま》の中《なか》で、別《べつ》のわたしが呼《よ》びかけてくる。

推《お》しの配信者《はいしんしゃ》がお隣《となり》に住《す》んでたなんて、そんな偶然《ぐうぜん》があるわけないじゃない……？

……そうだよね。

そう考《かんが》えると、少《すこ》し落《お》ち着《つ》いてきた。焦《あせ》りすぎて、聞《き》き間違《まちが》いしちゃったんだ、うん。

「ごめんね蒼太《そうた》くん、わたし聞《き》き間違《まちが》えちゃったみたい。蒼太《そうた》くんが《ブラストのアオ》だって聞《き》こえちゃった。もう一回《いっかい》言ってもらってもいいかな？」

「いや、間違《まちが》ってないけど」

「えっでも……アオって……ブラストでゲーム配信《はいしん》してる、アオ？」

「ああそれ、おれのこと」

「……し、紫音《しおん》くんももしかして……!?」

「兄《にい》ちゃんはそのまんま、ブラストのシオンだよ。ひとりだと歌《うた》ってみた動画《どうが》がメインだけど。知《し》ってる？」

「ひえっ……！」

知《し》ってるよ、知《し》ってますとも……！　蒼太《そうた》くんが推《お》しのアオで、紫音《しおん》くんはシオンで……？

こんなことが起《お》きるなんて、夢《ゆめ》みたい！

「ん〜〜〜。あれ、ひーちゃんだあ……おはよお」

「お、おはよう紫音《しおん》くん」

ようやく起《お》きた紫音《しおん》くんが、のっそりとあいさつをしてくれた。

ふわふわの髪《かみ》があちらこちらに跳《は》ねていて、まだ眠《ねむ》たいのか目《め》は開《あ》けずにむにゃむにゃしている。

いつもより少《すこ》し幼《おさな》く見《み》えて、でも気《き》を抜《ぬ》いている紫音《しおん》くんもかっこいい……って、そうじゃない！　シオンなんだ！　あの絶大《ぜつだい》な人気《にんき》の……!!

「市山《いちやま》」

「はっ、ハイッ！」

推《お》しの声《こえ》。推《お》しと話《はな》してるんだ……！

わたしは『気《き》をつけ！』のポーズでしゃっきりと返事《へんじ》をする。

昨日《きのう》までは平気《へいき》だったのに、蒼太《そうた》くんがアオだと知《し》ってしまってからは、いつもより緊張《きんちょう》しちゃうよ〜〜！

同居生活《どうきょせいかつ》で、昔《むかし》みたいに自然《しぜん》に話《はな》せたらいいなって思《おも》ってはいたけど……まさか推《お》しだったなんて、思《おも》わないよ!?

「わかってると思《おも》うけど……このことはみんなには内緒《ないしょ》だからな」

口《くち》の前《まえ》に人差《ひとさ》し指《ゆび》を持《も》ってきた蒼太《そうた》くんが「シー」の顔《かお》をする。

かっこいい。推《お》しだと思《おも》うとさらに。

でも蒼太《そうた》くんは蒼太《そうた》くんで……！

でもアオでもあるし？　あっ、なんだかもう混乱《こんらん》しすぎて頭《あたま》の中《なか》がぐちゃぐちゃになってきた〜〜〜！

「も、もちろんです！　誰《だれ》にも絶対言《ぜったいい》いません！　秘密《ひみつ》は守《まも》ります!!」

わたしはふたつの意味《いみ》でどぎまぎしながら、コクコクと高速《こうそく》でうなずいた。頭《あたま》がとれそうなくらい。

みんなに絶対内緒《ぜったいないしょ》だってことはわかる……！

ブラストはほんとうに大人気《だいにんき》グループだし、そもそも蒼太《そうた》くんも人気《にんき》だもん。

知《し》られたら絶対《ぜったい》、大《おお》さわぎになっちゃうよ。

そんな秘密《ひみつ》を、わたしなんかが知《し》ってしまったなんて……！

「絶対《ぜったい》だからな」

「うん、誰《だれ》にも言《い》わないよ……！」

普段《ふだん》はあまり見《み》ない笑顔《えがお》にどきっとしながら、わたしはまた何度《なんど》もうなずく。

不思議《ふしぎ》そうな顔《かお》をした蒼太《そうた》くんがズイと近《ちか》づいてくるけど、わたしはとっさに顔《かお》の前《まえ》に腕《うで》をかまえてガードした。

推《お》しが近《ちか》すぎて無理《むり》だよ〜〜〜！！！

「絶対絶対《ぜったいぜったい》、約束《やくそく》するっ……！　じゃあわたし、朝《あさ》の準備《じゅんび》をするから〜〜〜〜！」

「あ、おい」

「おじゃましました〜〜〜！」

わたしはウサギのように素早《すばや》く蒼太《そうた》くんの部屋《へや》から逃《に》げ出《だ》した。

だってあの部屋《へや》に、推《お》しグループのふたりが揃《そろ》ってるんだよ!?

自分用《じぶんよう》の部屋《へや》に戻《もど》ったわたしは、頭《あたま》からベッドにダイブした。

「まさか本当《ほんとう》に、アオとシオンだったなんて……！　えええええええ」

まだ心臓《しんぞう》がバクバクしてる！

蒼太《そうた》くんって、本当《ほんとう》に昔《むかし》からゲームがすっごく上手《じょうず》なんだよね！

それに紫音《しおん》くんの声《こえ》は、いつも聞《き》いていると落《お》ち着《つ》く感《かん》じだけど、歌声《うたごえ》になったら、
きっとみんなメロメロになっちゃうと思《おも》う！

そんなふたりとわたしが同居《どうきょ》……!?　頭《あたま》の中《なか》がぐるぐるだよ〜〜！

「絶対《ぜったい》に内緒《ないしょ》、誰《だれ》にも言《い》わない！」

わたしはそうブツブツとつぶやきながら、心臓《しんぞう》が落《お》ち着《つ》くのを待《ま》った。

第五章《だいごしょう》　ドキドキの月曜日《げつようび》！

朝《あさ》が来《き》た。同居《どうきょ》して初《はじ》めての月曜日《げつようび》の朝《あさ》。

「うう……あんまりよく眠《ねむ》れなかった」

のそのそと洗面所《せんめんじょ》に行《い》って、目《め》をこすりながら鏡《かがみ》を見《み》る。

そこにはすんごい顔《かお》をしたわたしがいた。目元《めもと》がどんより！

――とんでもない秘密《ひみつ》を知《し》っちゃった。

昨日《きのう》はもう本《ほん》っ当《とう》に大変《たいへん》だった！

蒼太《そうた》くんと紫音《しおん》くんの顔《かお》をぜんぜんちゃんと見《み》られない。それに、部屋《へや》でタブレットを開《ひら》いたらブラストが出《で》てくるから、そこでまたびっくりしちゃって……！

この配信《はいしん》をふたりがやってたんだって思《おも》うと、心《こころ》がザワザワしちゃってぜんぜん集中《しゅうちゅう》できなかったんだよ～～～！

あのとき『アオ』が失敗《しっぱい》しちゃったのも、わたしのせいだ！

「……なに百面相《ひゃくめんそう》してんの？」

「ひゃっ!?」

うしろから聞《き》こえてきた声《こえ》に飛《と》び跳《は》ねたら、蒼太《そうた》くんが立《た》っていた。

「ここ使《つか》っていい？」

「う、うん！　どうぞ……！」

わたしはまだ心臓《しんぞう》をドキドキさせながら、蒼太《そうた》くんに先《さき》に行《い》ってもらおうと少《すこ》しだけうしろに下《さ》がる。

――はあ、まだ心《こころ》の準備《じゅんび》ができてない……！

寝起《ねお》きに蒼太《そうた》くんだなんて、心臓《しんぞう》に悪《わる》すぎるよお……

「市山《いちやま》」

うつむいて順番《じゅんばん》を待《ま》っていたら、蒼太《そうた》くんに名前《なまえ》を呼《よ》ばれた。なんだろう？

顔《かお》を上《あ》げたら、鏡越《かがみご》しにパチリと目《め》が合《あ》う。

「寝癖《ねぐせ》ついてるけど」

「えっ⁉　どこ？　前《まえ》からは見《み》えないのに！」

わたしはあわてて両手《りょうて》で頭《あたま》を押《お》さえる。

はずかしくなって一気《いっき》に熱《あつ》くなる顔《かお》。

いつもボサボサだからか、見《み》た感《かん》じはいつもみたいな跳《は》ね方《かた》なんだけど……⁉

「そこじゃなくて……ちょっと待《ま》って」

「えっ？　えっ？」

蒼太《そうた》くんが近《ちか》づいてきて、わたしのうしろに回《まわ》る。

それから手《て》にしていたブラシでわたしの髪《かみ》をとかした。

――わあああああ〜〜〜っ⁉　な、何《なに》が起《お》きてるかわからない！

「そ、蒼太《そうた》くん」

「じっとして」

身《み》をよじろうとしたら、ぴしりと叱《しか》られる。

やわらかくやさしく、丁寧《ていねい》にわたしの髪《かみ》をとかしていく。

どうしたらいいかわからないよ！

背中《せなか》にピンと力《ちから》が入《はい》って、息《いき》を止《と》める。蒼太《そうた》くんの指《ゆび》が、わたしの髪《かみ》に触《ふ》れるたびに、心臓《しんぞう》がドキドキして、頭《あたま》の中《なか》が真《ま》っ白《しろ》になる。

今《いま》まで、こんなにドキドキしたことはなかった。

髪《かみ》の毛《け》の一本一本《いっぽんいっぽん》がわたしの神経《しんけい》になったみたいに、感覚《かんかく》が全部集中《ぜんぶしゅうちゅう》する。

蒼太《そうた》くんに髪《かみ》の毛《け》に触《ふ》れられてるんだ。今《いま》。

——ひい……っ！　心臓《しんぞう》が飛《と》び出《で》そう……！

緊張《きんちょう》しすぎて頭《あたま》も心臓《しんぞう》も痛《いた》くなってきた！

これは、美容室《びようしつ》の人《ひと》の手《て》だと思《おも》ったらいいんじゃない？

目《め》をつぶって、もうひとりのわたしがささやく。

ナイスアイディアだ。そうしよう。

この手《て》は蒼太《そうた》くんじゃない。いつもの美容師《びようし》さん。田中《たなか》さん、田中《たなか》さん……！

「わ、ふたりとも早起《はやお》きだね～！」

「ひっ!?」

暗示《あんじ》をかけてやり過《す》ごそうとしてたら、うしろから間延《まの》びした声《こえ》がきこえてきた。

また心臓《しんぞう》が口《くち》から飛《と》び出《で》るところだった！

「し、紫音《しおん》くん。おはよう……っ！」

今度《こんど》は紫音《しおん》くん。

驚《おどろ》きすぎてばくばくとする心臓《しんぞう》を押《お》さえながら、わたしはなんとかあいさつする。

そうだよ、ここはお隣《となり》さんのお家《うち》だから、ふたりとも起《お》きてくるよ～～～！

「ひーちゃんおはよう～。蒼太《そうた》もはよ～」

「……はよ」

紫音《しおん》くんに短《みじか》くあいさつをすると、蒼太《そうた》くんはさっと洗面所《せんめんじょ》からいなくなってしまった。

「ありゃ、もう行《い》っちゃった～」

ふいといなくなってしまった蒼太《そうた》くんを見送《みおく》ったあと、紫音《しおん》くんは顔《かお》を洗《あら》い始《はじ》める。

わたしはそのままぼーっと鏡《かがみ》を見《み》ていた。

——さっき、一体何《いったいなに》が起《お》きたんだろ……!?

蒼太《そうた》くんが丁寧《ていねい》にといてくれたおかげで、わたしの髪《かみ》はいつもよりさらさらだ。

でも……息《いき》を止《と》めてたから苦《くる》しかった！

スーハーと朝《あさ》の空気《くうき》を胸《むね》いっぱい吸《す》い込《こ》む。

本当《ほんとう》にドキドキしすぎて心臓《しんぞう》がもたないよ！

「ひーちゃん、今日《きょう》も学校《がっこう》がんばっておいでね」

すべてを包《つつ》み込《こ》むような紫音《しおん》くんのやさしい笑顔《えがお》。モデルさんみたい。

「……うん、ありがとう」

わたしはこくりとうなずく。

紫音《しおん》くんは中学生《ちゅうがくせい》だからか、身長《しんちょう》がわたしよりも高《たか》い。目線《めせん》が自分《じぶん》より上《うえ》にあるだけでもほっこり安心《あんしん》してしまっている自分《じぶん》がいる。

——でも、紫音《しおん》くんはあのシオンなんだよね……！

わたしはハッとした。そして、とたんにわたわたと落《お》ち着《つ》かない気持《きも》ちになってくる。

「タオルはここにあるからね～」

紫音《しおん》くんの言葉《ことば》に、わたしは首《くび》をブンブンと縦《たて》に振《ふ》る。

また緊張《きんちょう》してきちゃった……！

「じゃ、ゆっくりね」

ひらひらと手《て》を振《ふ》りながら、紫音《しおん》くんはリビングへ行《い》ったみたい。

「ふう……」

ようやくひと息《いき》。まだあれから二日《ふつか》しか経《た》っていないのに……！

「ヒナちゃ～ん。朝《あさ》ご飯《はん》にするからそのままおいでね～」

アキさんの大《おお》きな声《こえ》につられて、わたしもあわてて「はーい！」と返事《へんじ》をする。

あんまりふたりの顔《かお》を見《み》ないようにして、バタバタと急《いそ》いで登校《とうこう》した。

☆　☆　☆

「まじで蒼太《そうた》くんと千明《ちあき》くんが同《おな》じクラスって、神《かみ》なんだけど！」

「わかるー！　尊《とうと》すぎて無理《むり》！」

クラスの女《おんな》の子《こ》たちが、目《め》を輝《かがや》かせながら言《い》う。

今《いま》は四時間目《よじかんめ》の体育《たいいく》の時間《じかん》。

みんな体育座《たいいくずわ》りをして、短距離走《たんきょりそう》の順番《じゅんばん》を待《ま》っている。来月運動会《らいげつうんどうかい》があるから、タイムを測定《そくてい》するんだって。

今《いま》は男《おとこ》の子《こ》たちが走《はし》っているところだ。

蒼太《そうた》くんもトラックの向《む》こう側《がわ》で、みんなと一緒《いっしょ》に並《なら》んでる。

「もう、顔面偏差値高《がんめんへんさちたか》すぎ！　ほかのクラスの子《こ》がうらやましがってるもんね！」

「ほんと！　ふたりがいれば最強《さいきょう》じゃん！」

わたしの前《まえ》に座《すわ》っている、髪《かみ》の長《なが》い子《こ》は茂木《もぎ》さんで、ボブの子《こ》は武藤《ぶとう》さん。ふたりは、楽《たの》しそうに話《はな》している。そして、ふたりの間《あいだ》にいる羽田《はねだ》さんもニコニコと笑《わら》っていた。

やっぱり、蒼太《そうた》くんは人気者《にんきもの》で、すごいなあ……

わたしは、こっそり蒼太《そうた》くんたちのほうを見《み》る。

あ、もうすぐ蒼太《そうた》くんの番《ばん》だ！

五人《ごにん》が横一列《よこいちれつ》に並《なら》んで、斜《なな》めに引《ひ》かれた線《せん》に立《た》つ。

蒼太《そうた》くんは、いつものようにクールな表情《ひょうじょう》で、スタートラインを見《み》つめている。

その横顔《よこがお》がまぶしくて、思《おも》わず目《め》を細《ほそ》めてしまう。

ピッ！

静《しず》かになったところで先生《せんせい》の笛《ふえ》の音《おと》が鳴《な》りひびき、みんな一斉《いっせい》に走《はし》り出《だ》した！

蒼太《そうた》くんは力強《ちからづよ》くスタートを切《き》る。一瞬《いっしゅん》にしてほかの生徒《せいと》たちを引《ひ》き離《はな》し、ぐんぐん前《まえ》へ進《すす》んでいく。まるで風《かぜ》みたい。

「蒼太《そうた》くーん！」

「がんばれー！」

周《まわ》りのみんながきゃいきゃいと声援《せいえん》を送《おく》る。

蒼太《そうた》くんは余裕《よゆう》の表情《ひょうじょう》で、一着《いっちゃく》でゴール。

「すごーい！」

「蒼太《そうた》くんかっこよすぎる！」

女《おんな》の子《こ》たちは興奮《こうふん》して、蒼太《そうた》くんの名前《なまえ》を叫《さけ》んでいる。

わたしも心《こころ》の中《なか》でそっと拍手《はくしゅ》を送《おく》る。

「あっ次《つぎ》は千明《ちあき》くんだよ！」

「最高《さいこう》〜〜〜」

茂木《もぎ》さんたちは次《つぎ》のレースを見《み》ようと大盛《おおも》り上《あ》がりだ。

やっぱり、蒼太《そうた》くんはすごい……住《す》む世界《せかい》が違《ちが》うなあ。

それに、わたしが走《はし》るところもみんなに見《み》られちゃうのがはずかしい。足《あし》だって速《はや》くないのに……！

いや、誰《だれ》もわたしなんかに注目《ちゅうもく》してないってわかってるけど。

そう思《おも》うと、またはずかしくなってきちゃった。

わたしはできるだけ身体《からだ》を小《ちい》さく縮《ちぢ》めながら、走《はし》る順番《じゅんばん》が来《く》るのを待《ま》つ。

――そして、あれこれ考《かんが》えすぎてあやうく転《ころ》びそうになった。

は、はずかしい〜〜〜！

第六章《だいろくしょう》　アオとシオン

ドキドキの気持《きも》ちのまま、わたしは足早《あしばや》に下校《げこう》する。

おとなりさんじゃなくて、自分《じぶん》の家《いえ》のドアを開《あ》けた。

昨日《きのう》、お母《かあ》さんに用事《ようじ》を頼《たの》まれたんだ。

「ただいま〜」

そろそろと玄関《げんかん》を開《あ》ける。

もちろん誰《だれ》もいないから返事《へんじ》なんてあるわけないのに。

自分《じぶん》の家《いえ》で安心《あんしん》する気持《きも》ちと、人気《ひとけ》がなくてそわそわする気持《きも》ちがごちゃ交《ま》ぜになる。

「は、早《はや》く用事《ようじ》をすませちゃおう……！」

シン……としているのがこわくて、わたしは急《いそ》いでお母《かあ》さんに頼《たの》まれたものを探《さが》す。

昨日《きのう》電話《でんわ》したら、お父《とう》さんは来週《らいしゅう》には退院《たいいん》して、アパートでお母《かあ》さんとふたり暮《ぐ》らしをするんだって。

お母《かあ》さんのとっておき料理《りょうり》のレシピノートを置《お》いてきてしまったから、写真《しゃしん》を撮《と》ってほしいってお母《かあ》さんに頼《たの》まれたの。

「ええっと……収納庫《しゅうのうこ》の下《した》から二段目《にだんめ》の……ここかなあ？」

キッチンの奥《おく》の棚《たな》のところに、料理《りょうり》の本《ほん》やノートがぎっしり並《なら》んでいる場所《ばしょ》がある。

……たしか、ピンク色《いろ》って言《い》ってたよね。

わたしは、お母《かあ》さんが話《はな》していたノートの特徴《とくちょう》を思《おも》い出《だ》しながら探《さが》す。

「あっ、お母《かあ》さんのレシピノート、見《み》つけたあ！」

このノート、お母《かあ》さんがずーっと大事《だいじ》にしてるみたいで、ずっしり重《おも》いんだ。

開《ひら》いてみると、切《き》り抜《ぬ》きとかプリントがペタペタ貼《は》ってあった。

『これはひなちゃんがよく食《た》べてくれた』

『ひなちゃんはピーマンがちょっと苦手《にがて》だったかな？　次《つぎ》は別《べつ》の野菜《やさい》にしてみよう』

『優大《ゆうだい》さんもひなちゃんも喜《よろこ》んでくれたからうれしい』

お母《かあ》さんの手書《てが》きのメモ、全部《ぜんぶ》わたしとお父《とう》さんのことばっかりだ。その字《じ》を見《み》ていると、お母《かあ》さんのやさしい笑顔《えがお》が浮《う》かんでくる。

お母《かあ》さんとお父《とお》さんに会《あ》いたいなぁ。

そう思《おも》ったらちょっとだけ、ウルッときてしまった。

お母《かあ》さんのレシピノートを汚《よご》したくないから、涙《なみだ》をそっと手《て》の甲《こう》でぬぐう。

「……真《ま》ん中《なか》くらいのページにある、煮込《にこ》みハンバーグのレシピだったよね」

涙《なみだ》をこらえながら、ページをペラペラとめくる。

わあ、写真《しゃしん》ものってる！　すごくおいしそう！

「見《み》つけた……！　よかった」

あとはこのレシピノートを持《も》ってお隣《となり》さんのお家《うち》に帰《かえ》って、タブレットで写真《しゃしん》を撮《と》るだけ。わたしはノートをランドセルに入《い》れて、家《いえ》を出《で》ようとした。

「あっ、そうだ、そういえば」

わたしはなんとなく、本当《ほんとう》の自分《じぶん》の部屋《へや》に向《む》かった。

なんだろう、このドキドキする感《かん》じ。ドアの向《む》こうはただわたしの部屋《へや》があるだけなのに。

ガチャリ。

扉《とびら》を開《あ》けて中《なか》に入《はい》る。

ほしいものをちゃんと言《い》えなかったわたしの部屋《へや》の家具《かぐ》は茶色《ちゃいろ》だ。

木《き》の感《かん》じも大好《だいす》きだけど……本当《ほんとう》は、もっと好《す》きな色《いろ》があるのに。

なんでちゃんと言《い》えないんだろうって、自分《じぶん》にがっかりしちゃう。

「あっそうだ。せっかくだから、何《なに》か追加《ついか》で持《も》っていこうかな」

必要《ひつよう》なものは持《も》っていってはいるけど、自分《じぶん》の部屋《へや》に来《き》たらなんだかなつかしくてもう少《すこ》し持《も》っていきたくなった。

いつも一緒《いっしょ》に寝《ね》ていたうさぎのぬいぐるみをランドセルの横《よこ》に置《お》く。

それから、靴下《くつした》を何個《なんこ》か追加《ついか》で取《と》って、読《よ》みたい本《ほん》を二冊《にさつ》くらい選《えら》んで――

「あとは……」

部屋《へや》をぐるりと見渡《みわた》す。

ヘッドボードには、自分用《じぶんよう》のゲーム機《き》が置《お》いてある。

そうだった。自分《じぶん》のゲームは置《お》いていたんだった。

「持《も》っていこうかな……？」

わたしはなんとなくベッドに寝転《ねころ》んでゲームを手《て》にする。

電源《でんげん》を入《い》れると、ちょっと前《まえ》にやっていたゲームの画面《がめん》がついた。

「あれ？　このゲーム、途中《とちゅう》でやめちゃったんだっけ？」

わたしは、ぼーっとゲームの画面《がめん》を見《み》つめる。

「そういえば、どうしてもクリアできなくて、そのまま放置《ほうち》してたんだ！」

ピコピコとゲームを操作《そうさ》していたら、そんな記憶《きおく》がよみがえってきた！

「このボスがたおせなくて、ここから先《さき》に進《すす》めないんだよね……」

わたしは、ため息《いき》をつく。

「蒼太《そうた》くんなら、きっと簡単《かんたん》にたおせちゃうんだろうなぁ」

まだ小学生《しょうがくせい》なのに、みんなに認《みと》められる有名《ゆうめい》なゲーム実況者《じっきょうしゃ》のアオの中《なか》の人《ひと》。

いつの間《ま》にそんなに上手《じょうず》になったんだろう？

「あっ！」

集中《しゅうちゅう》していなかったせいで、わたしのキャラクターは、ボスキャラから強《つよ》い攻撃《こうげき》を受《う》けてしまった。画面《がめん》には『GAME《ゲーム》 OVER《オーバー》』の文字《もじ》が……！

「あーーー！　くやしいなぁ……」

わたしは、ベッドに大《だい》の字《じ》になって、天井《てんじょう》をじっと見《み》つめる。

そうやってぼーっとしていたはずが、いつの間《ま》にか眠《ねむ》ってしまった。


ぱち、と目《め》を覚《さ》ますと、あたりは真《ま》っ暗《くら》だった。

「あれ？　ここは……わたしの部屋《へや》……？」

一瞬《いっしゅん》どこにいるのかわからなくなっちゃったけど、このベッドは、わたしのもの。

うっかり寝《ね》ていた間《あいだ》に、すっかり日《ひ》が暮《く》れてしまったみたい。

いま、何時《なんじ》だろう？

心細《こころぼそ》くなったわたしは、時計《とけい》を見《み》るために急《いそ》いで部屋《へや》の電気《でんき》をつけた。

枕元《まくらもと》の目覚《めざ》まし時計《どけい》を見《み》たら、六時《ろくじ》ちょっと前《まえ》。

「わあ、もうこんな時間《じかん》！」

アキさんがお仕事《しごと》から帰《かえ》ってくるのは、六時半《ろくじはん》くらいだって言《い》ってた。家《いえ》に寄《よ》って帰《かえ》るって伝《つた》えてあるけど、早《はや》く戻《もど》らないと……！

「レシピノートと靴下《くつした》とぬいぐるみと……あ、あとこのゲームも持《も》っていこう」

わたしは、急《いそ》いで準備《じゅんび》をして、家《いえ》を出《で》た。そして鍵《かぎ》をかけて、振《ふ》り返《かえ》ったとき。

「あ、ひーちゃんだ～」

やさしい声《こえ》が聞《き》こえた。

「おかえり～！　ひーちゃん、今日《きょう》はお家《うち》に帰《かえ》ってたの？」

「し、紫音《しおん》くん……おかえりなさい」

家《いえ》の前《まえ》で偶然《ぐうぜん》会《あ》ったのは、学校帰《がっこうがえ》りの紫音《しおん》くんだった。

うまく目《め》を合《あ》わせられずに、あたふたしちゃう！

「お母《かあ》さんにちょっと頼《たの》まれて、探《さが》しものをしてた……です！」

なんとか説明《せつめい》しようとしたら、変《へん》な言葉《ことば》になっちゃった！

「ふふ、またその変《へん》な敬語《けいご》だ～！」

「だ、だって」

あわあわとしていると、紫音《しおん》くんが楽《たの》しそうに笑《わら》っている。

なかなか慣《な》れないのは許《ゆる》してほしい。しかも絶大《ぜつだい》な人気《にんき》を誇《ほこ》る【シオン】なんだから余《よ》計《けい》に緊張《きんちょう》するし……！

わたしは、心《こころ》の中《なか》でそうつぶやく。

「今日《きょう》は母《かあ》さんたち遅《おそ》くなるって。俺《おれ》が何《なに》か作《つく》るよ」

「あっ、わたしもお手伝《てつだ》いしまする！」

紫音《しおん》くんに返事《へんじ》をしたら、また噛《か》んでしまった。なんとか敬語《けいご》を使《つか》おうとしたせいだ。

は、はずかしい〜〜〜！　ぼぼぼと顔《かお》が熱《あつ》くなる。

「『しまする』って、もはや武士《ぶし》だね〜！　はは！」

紫音《しおん》くんにも爆笑《ばくしょう》されちゃってるよ……！

「紫音《しおん》くん、笑《わら》いすぎだよ……？」

「ご、ごメッ、急《きゅう》な武士《ぶし》がツボに入《はい》っちゃって」

わたしは顔《かお》が真《ま》っ赤《か》になる。

そのとき、タイミングよくお隣《となり》さん家《ち》のドアが開《ひら》いた。

「あっ、蒼太《そうた》。ただいま〜」

紫音《しおん》くんはまだおなかを抱《かか》えて笑《わら》っている。

「……おかえり。兄《にい》ちゃん、声《こえ》うるさすぎるんだけど」

ちょっとむっつり顔《がお》の蒼太《そうた》くんが、紫音《しおん》くんとわたしを出迎《でむか》えてくれた。

蒼太《そうた》くんのキレイな目《め》でじーっと見《み》つめられて（にらまれて……？）、わたしはまたどぎまぎしちゃう。

ま、まだ、目《め》をうまく見《み》られない……！

「た、ただいま……っ」

わたしはちょっと目《め》をそらしながら答《こた》えてしまった。

「遅《おそ》かったじゃん」

「あっ、えっと、自分《じぶん》の部屋《へや》でゴロゴロしてたらそのまま寝《ね》ちゃってて」

「……ふーん」

そう言《い》って蒼太《そうた》くんは家《いえ》に入《はい》っていく。なんだか機嫌《きげん》が悪《わる》そう。

わたしと紫音《しおん》くんも家《いえ》の中《なか》に入《はい》る。

蒼太《そうた》くんはこっちを振《ふ》り返《かえ》らずに、どんどん進《すす》んでいく。

その背中《せなか》とわたしを交互《こうご》に見《み》ていた紫音《しおん》くんが、ハッとした顔《かお》をした。

「あっ何《なに》、ひーちゃんってば家出《いえで》してたの!?」

「えっ！」

わたしはちょっとびっくりした。

紫音《しおん》くんの大《おお》きな声《こえ》に、蒼太《そうた》くんの足《あし》も止《と》まってしまう。

「ち、違《ちが》うよ。お母《かあ》さんに用事《ようじ》を頼《たの》まれて家《いえ》に戻《もど》ってただけ！　そしたら自分《じぶん》のゲーム機《き》を見《み》つけて、クリアできなくて詰《つ》んだ～って思《おも》ってたらそのまま寝《ね》ちゃって……」

蒼太《そうた》くんにわかってもらおうと、わたしはもう大《おお》あわて！

家出《いえで》じゃないって説明《せつめい》するために、わたわたとゲーム機《き》をふたりに見《み》せる。

「気《き》づいたら外《そと》が暗《くら》くなってて、それであわてて出《で》てきたの！」

ここまで一気《いっき》に話《はな》したことがないから、言《い》い終《お》わったときは息切《いきぎ》れしてゼェハァと荒《あら》い呼吸《こきゅう》になっちゃった。

「……だってさ、蒼太《そうた》」

わたしが話《はな》し終《お》わると、紫音《しおん》くんはイタズラっぽい目《め》で蒼太《そうた》くんを見《み》つめた。

それからグンと伸《の》びをする。

「じゃあ俺《おれ》は着替《きが》えたらご飯《はん》の準備《じゅんび》するね〜！　まあラーメン作《つく》るだけだけど、今夜《こんや》は特《とく》別《べつ》にゆで卵《たまご》も入《い》れてあげる」

紫音《しおん》くんはそう言《い》い残《のこ》して部屋《へや》に入《はい》って行《い》った。

廊下《ろうか》にはわたしと蒼太《そうた》くんだけ。

「——なんのゲーム？」

「え？」

「市山《いちやま》がクリアできなかったやつ」

「あっ、えーとね、『伝説《でんせつ》のセイントソードⅢ』っていうRPG《アールピージー》なんだけど……お父《とう》さんが子《こ》どものころにやってたゲームのリバイバルらしくて、わたしにもやってみてってダウンロードしてくれたの」

真剣《しんけん》な顔《かお》の蒼太《そうた》くんに、わたしは一生懸命説明《いっしょうけんめいせつめい》をする。

「ああ、アレか。たしかにリバイバルゲームは操作性《そうさせい》が劣《おと》るからやりにくいかもな」

タイトルだけで内容《ないよう》がわかったらしい蒼太《そうた》くん。

さすがだ。それに、難《むずか》しいって言《い》ってくれている。

「思《おも》ったより謎解《なぞと》きとか多《おお》いし、難《むずか》しくて。でも、お父《とう》さんが『お気《き》に入《い》りだった』ってなつかしそうに話《はな》すから、わたしもやってみたかったんだ」

どんなに難《むずか》しくても、最後《さいご》までクリアしたい……のに、できないのが本当《ほんとう》にくやしい。

「今日《きょう》の夜《よる》、一緒《いっしょ》にやるか？」

「えっ……？」

「うん。おれもそのゲームなひと通《とお》りやったし、アドバイスできると思《おも》う」

蒼太《そうた》くんの言葉《ことば》に、わたしは目《め》を丸《まる》くする。

「いいの？」

「だって、おじさんのお気《き》に入《い》りのゲームを市山《いちやま》はクリアしたいんだろ？」

「うん……ありがとう蒼太《そうた》くん！」

うれしくって、わたしは飛《と》び跳《は》ねるようにしてお礼《れい》を言《い》った。

蒼太《そうた》くんはちょっとびっくりしていたけど、怒《おこ》ってはないと思《おも》う。

「……じゃ、おれ、宿題《しゅくだい》やっとくから」

「わたしもそうするね！」

蒼太《そうた》くんとは廊下《ろうか》で分《わか》かれて、それぞれ部屋《へや》へ戻《もど》った。

ぬいぐるみをベッドのそばに置《お》いて、まずはお母《かあ》さんに頼《たの》まれた料理本《りょうりぼん》の写真《しゃしん》を撮《と》る。

「これで、ミッションコンプリート！」

わたしはタブレットでメッセージアプリを開《ひら》いて、お母《かあ》さんに写真《しゃしん》とメッセージを送信《そうしん》した。

『お父《とう》さんにおいしいご飯《はん》を作《つく》ってあげてね』

ピロリン！

すぐに受信音《じゅしんおん》が鳴《な》って、お母《かあ》さんから返事《へんじ》が来《き》た。

《ひなちゃんありがとう。帰《かえ》ったらひなちゃんにも作《つく》るからね！》

——お母《かあ》さん、わたしもがんばるね。

タブレットをぎゅっと抱《だ》きしめたあと、今度《こんど》は宿題《しゅくだい》に取《と》りかかる。

お母《かあ》さんがいない間《あいだ》に成績《せいせき》が下《さ》がってしまったら、きっとお母《かあ》さんも悲《かな》しんじゃうもんね。

発表《はっぴょう》はやっぱり苦手《にがて》だけど、蒼太《そうた》くんみたいにがんばりを見《み》てくれている人《ひと》がいると思《おも》うと、うれしい。

今度先生《こんどせんせい》に指名《しめい》されたら、前《まえ》よりも少《すこ》しだけハッキリと考《かんが》えを伝《つた》えられるようになりたいな。

「よし、がんばろう……！」

自然《しぜん》とそんな言葉《ことば》まで出《で》てくる。算数《さんすう》のプリントと漢字練習《かんじれんしゅう》がすらすらと終《お》わってしまった。

部屋《へや》から出《で》ると、おいしそうな香《かお》り。

「あ、ひーちゃん。もうすぐできるよ～俺特製《おれとくせい》ラーメン！」

リビングに入《はい》ると、キッチンから紫音《しおん》くんの明《あか》るい声《こえ》が聞《き》こえた。エプロン姿《すがた》の紫音《しおん》くんも、お料理《りょうり》をする芸能人《げいのうじん》みたいで絵《え》になるなあ。

温《あたた》かい部屋《へや》に、おいしそうな匂《にお》い。それに、人《ひと》がいるからなんだかほっとする。

さっき、誰《だれ》もいない家《いえ》で感《かん》じたさびしい気持《きも》ちは、どこかに消《き》えちゃったみたい。

「紫音《しおん》くん。何《なに》かわたしがお手伝《てつだ》いできることって、あるかな……？」

「あ、じゃあねぇ、箸《はし》とかコップとか並《なら》べといてくれる～？」

「うん、わかった」

わたしは食器棚《しょっきだな》から三人分《さんにんぶん》のコップを用意《ようい》して、それからお箸《はし》を出《だ》す。

わたしは黄色《きいろ》のお花柄《はながら》で、紫音《しおん》くんと蒼太《そうた》くんはそれぞれ紫《むらさき》と青《あお》のしましま模様《もよう》が入《はい》っているんだ。

きっとこの花柄《はながら》お箸《はし》も、アキさんが急《いそ》いで用意《ようい》してくれたんだと思《おも》うとうれしくなる。

それにこの蒼太《そうた》くんたちのお箸《はし》の色《いろ》。まさに、アオとシオンみたいだなあ！

「ふふっ」

自然《しぜん》と笑《え》みがこぼれた。昨日《きのう》から、ふたりと一緒《いっしょ》にいるのをあんなに緊張《きんちょう》していたのに。

「えー何《なに》？　どしたー？」

「な、なんでもないよ」

そう答《こた》えたのに、紫音《しおん》くんはわたしをじっと見《み》ている。

どうしたんだろう。

「よかった、ちょっと元気《げんき》になったかな？」

「えっ」

「家《いえ》のことで大変《たいへん》なのに、俺《おれ》たちの秘密《ひみつ》まで急《きゅう》に知《し》っちゃって、ひーちゃんを困《こま》らせちゃってるなって反省《はんせい》してたんだ。笑顔《えがお》が見《み》られてうれしい」

どうしたらいいかわかんなくて、ふたりを避《さ》けちゃったのはわたしのほうなのに！

紫音《しおん》くんのやさしさと気《き》づかいがつまった笑顔《えがお》に心臓《しんぞう》がぎゅっとなる。

「そ、そんな……！　わたしが勝手《かって》に緊張《きんちょう》しちゃったから」

「ひーちゃんと昔《むかし》みたいにまた仲良《なかよ》くしたいって、俺《おれ》も蒼太《そうた》も思《おも》ってるからさ。ブラストの件《けん》はあんまり気《き》にせず……はムズいか。むむ……」

紫音《しおん》くんはぐぐっと眉間《みけん》にしわを寄《よ》せて難《むずか》しい顔《かお》。

その顔《かお》を見《み》ていたら、わたしの緊張《きんちょう》がどんどんほぐれてきた気《き》がする！

「あ、そうだ、麺《めん》が伸《の》びる！　ひーちゃん、蒼太《そうた》呼《よ》んできてほし〜！」

「はいっ！」

わたしは紫音《しおん》くんに従《したが》って、蒼太《そうた》くんのところへ。

ふたりが推《お》しの配信者《はいしんしゃ》と知《し》って、ちょっとぎこちなかったけど、今《いま》は少《すこ》し違《ちが》う気持《きも》ち。

推《お》しである前《まえ》に、わたしにとって大切《たいせつ》なお隣《となり》さんで……幼《おさな》なじみだもん！

誰《だれ》もいないさびしい家《いえ》から戻《もど》って、ふたりの顔《かお》を見《み》たとき、たしかにホッとしたんだ。

「蒼太《そうた》くん。紫音《しおん》くんがもうすぐご飯《はん》できるよって」

部屋《へや》をノックしながら、そう呼《よ》びかける。

「わかった」とすぐに声《こえ》がして、蒼太《そうた》くんが部屋《へや》から出《で》てきた。

目《め》が合《あ》って、わたしは笑顔《えがお》になる。

「蒼太《そうた》くん、宿題《しゅくだい》終《お》わった？」

「ああ……うん。算《さん》プリの最後《さいご》の問題《もんだい》だけすっごくややこしかったけどな」

「やっぱりそうだよね！　わたしもちょっと困《こま》っちゃった」

たしかに最後《さいご》だけ時間《じかん》がかかっちゃったんだ。

うんうんうなずいていると、難《むずか》しい顔《かお》をしていた蒼太《そうた》くんがフッとちょっとだけ笑《わら》う。

「市山《いちやま》がそう言《い》うなら、おれができてなくても仕方《しかた》ないな」

「なっ……それはどうなんだろう!?」

絶対《ぜったい》にそんなことないと思《おも》うけどなあ！

なんだか話《はな》しやすくなった蒼太《そうた》くんと他愛《たあい》もない会話《かいわ》をしながらダイニングへ向《む》かうと、三人分《さんにんぶん》のラーメンが用意《ようい》されていた。

ほこほことした湯気《ゆげ》が立《た》ち、宣言通《せんげんどお》り半熟《はんじゅく》のゆで卵《たまご》とハムがそれぞれにのせられている。

ええっ、とってもおいしそう！

「さ、あったかいうちに食《た》べちゃお〜！」

紫音《しおん》くんの声《こえ》にわたしたちは「いただきます」をして、ちゅるちゅると仲良《なかよ》く麺《めん》をすすったんだ。

☆　☆　☆

「この攻撃《こうげき》に当《あ》たると即死《そくし》するから、まずはフリーランで回避《かいひ》。それで、離《はな》れたところか

ら普通攻撃《ふつうこうげき》してコンボを決《き》めて気絶《きぜつ》させる」

ご飯《はん》とお風呂《ふろ》が終《お》わって、わたしは約束通《やくそくどお》り蒼太《そうた》くんから例《れい》のゲームの攻略《こうりゃく》の仕方《しかた》についてレクチャーを受《う》けているの。

つまずいていた箇所《かしょ》の画面《がめん》を見《み》せたら「ああ、このボスね」とすべてを理解《りかい》したような顔《かお》をしていた。本当《ほんとう》にすごい……！

「あと、武器《ぶき》は槍《やり》じゃなくて片手剣《かたてけん》のほうがいいかも。攻撃速度《こうげきそくど》に差《さ》が出《で》るから、槍《やり》は玄人向《くろうとむ》け」

蒼太《そうた》くんの口《くち》からは難《むずか》しい言葉《ことば》がいっぱい飛《と》び出《だ》す。

「うっ、そうなんだね。キャラとか武器《ぶき》とか、見《み》た目《め》だけで選《えら》んでた……」

言《い》いながら、ちょっとはずかしくなっちゃった。

「ああ。そういう選《えら》び方《かた》も楽《たの》しいよな」

「いいの……？」

「ゲームの楽《たの》しみ方《かた》は人《ひと》それぞれだろ？」

いいんだ、それで……！　わたしの心《こころ》がふわっと軽《かる》くなる。

蒼太《そうた》くんは真剣《しんけん》な顔《かお》でゲーム画面《がめん》を見《み》て、いろいろと策《さく》を練《ね》っているみたい。

その横顔《よこがお》をちらりと見《み》ながら、わたしは勝手《かって》にうれしくなった。

蒼太《そうた》くんに主人公《しゅじんこう》の装備《そうび》や戦法《せんぽう》などをいろいろと調整《ちょうせい》してもらって、いよいよ決戦《けっせん》！

「なんだかいけそうな気《き》がする！　蒼太《そうた》くんありがとう、がんばるね」

「あ、ああ、うん」

ふかふかのソファーで体育座《たいいくずわ》りをして、わたしは真剣《しんけん》に画面《がめん》を見《み》つめる。

「ええと、この光《ひかり》を集《あつ》めるモーションのあとに強《つよ》い攻撃《こうげき》が来《く》るから、避《よ》ける……！」

蒼太《そうた》くんが教《おし》えてくれた攻撃《こうげき》を避《よ》け、わたしは敵《てき》のうしろに回《まわ》り込《こ》んだ。それから、ボタンを連打《れんだ》して、敵《てき》に攻撃《こうげき》する。

「市山《いちやま》、今《いま》だ」

「わかった……！」

蒼太《そうた》くんの合図《あいず》で必殺技《ひっさつわざ》のボタンを押《お》す。

今《いま》までろくに攻撃《こうげき》を当《あ》てられなかったボスが吹《ふ》っ飛《と》んで、そこから気絶状態《きぜつじょうたい》になった。

「やった……できた……！」

「市山《いちやま》、まだ！　次立《つぎた》ち上《あ》がってきてからも、ゲージがなくなるまで同《おな》じ作業《さぎょう》の繰《く》り返《かえ》し！」

「はっ、はいっ！」

ついつい油断《ゆだん》していたわたしに、蒼太《そうた》くんから厳《きび》しい声《こえ》が飛《と》んだ。

――そうだった、いつも油断《ゆだん》して負《ま》けるんだったあ……。

ちょこちょこと蒼太《そうた》くんにアドバイスをもらいながらなんとか激戦《げきせん》を制《せい》し、わたしは初《はじ》めて苦戦《くせん》していたボスをたおせたんだ！

「やった〜〜！　蒼太《そうた》くん、ありがとう！　初《はじ》めて勝《か》てたよ〜〜」

「……よかったじゃん」

「うん、うれしい！」

「……っ」

喜《よろこ》びのあまり、わたしは蒼太《そうた》くんに興奮《こうふん》のまま話《はな》しかけてしまった。

勢《いきお》いにちょっと引《ひ》かれてしまった気《き》もするけど、いまはとにかくうれしいんだ！

ゲームでも、何《なに》かを達成《たっせい》したらこんなにうれしいんだなぁ。

「さっそくお父《とう》さんに報告《ほうこく》してくるね！」

いてもたってもいられなくなって、わたしは自室《じしつ》のタブレットでメッセージを送《おく》るために部屋《へや》に駆《か》け出《だ》した。

「……ひーちゃんが喜《よろこ》んでくれてよかったね、ソーチャン」

「兄《にい》ちゃん、その呼《よ》び方《かた》やめろ」

部屋《へや》に残《のこ》っていた兄弟《きょうだい》がそんな会話《かいわ》をしていたなんて、あとでリビングに戻《もど》ってきたわたしはもちろん知《し》らない。

☆　☆　☆

「せっかくゲーム機《き》がふたつあるし、今日《きょう》はこのゲームやってみない？」

水曜日《すいようび》の下校後《げこうご》、蒼太《そうた》くんに提案《ていあん》されたのは『モンスター・イェーガー』という魔物狩《まものが》りのゲーム。

一緒《いっしょ》にボス攻略《こうりゃく》をがんばったあの一件《いっけん》以来《いらい》、蒼太《そうた》くんと家《いえ》でよくゲームについて話《はな》すようになった。

なんだろう、蒼太《そうた》くんとの間《あいだ》にある見《み》えない壁《かべ》が低《ひく》くなったというか……

ドキドキする気持《きも》ちとうれしい気持《きも》ちで、胸《むね》が少《すこ》しだけ熱《あつ》くなった。

「えっでも……わたし、できるかな……」

蒼太《そうた》くんがもっている『モンスター・イェーガー』のパッケージを見《み》る。

大《おお》きなドラゴンのような魔物《まもの》と、それに立《た》ち向《む》かう武装《ぶそう》した人《ひと》たちのうしろ姿《すがた》。

キャラクターを操作《そうさ》して大《おお》きな魔物《まもの》をたおすこのゲームはとっても有名《ゆうめい》だから、わたしもちょっと興味《きょうみ》はあったんだけど、難《むずか》しそうでできる気《き》がしない。

「大丈夫《だいじょうぶ》、おれがサポートする。配信《はいしん》の前《まえ》に一回《いっかい》テストプレイしたくて……手伝《てつだ》ってもらえると助《たす》かる」

「は、配信《はいしん》のお手伝《てつだ》い……!?」

わたしはぱちぱちとまばたきを繰《く》り返《かえ》す。

蒼太《そうた》くん――超絶《ちょうぜつ》ゲームのうまいアオ――にそこまで言《い》われて、断《ことわ》るわけにはいかかないよね？

推《お》しのお手伝《てつだ》い。それはもう、がんばるしかない！

蒼太《そうた》くんの役《やく》に立《た》てたらうれしいな。

「わたしなんかでお手伝《てつだ》いになったらいいんだけど……がんばってみるね」

「ありがとう」

蒼太《そうた》くんがとてもうれしそうな笑顔《えがお》を見《み》せる。

「……っ！」

その笑顔《えがお》にわたしはびっくりして固《かた》まってしまう。

ハッとした蒼太《そうた》くんは、すぐにいつもの難《むずか》しい顔《かお》に戻《もど》っちゃった。

でも、わたしの頭《あたま》には、さっきの顔《かお》がしっかりと残《のこ》っているんだ。

昔《むかし》はあんなふうに、よく笑《わら》っていた気《き》がする。

蒼太《そうた》くんって、いつもはちょっとこわいけど、笑《わら》うとすごくやさしい顔《かお》をするんだ。

「それじゃ、始《はじ》めるぞ」

「お願《ねが》いします……！」

テキパキと準備《じゅんび》を終《お》えた蒼太《そうた》くんに言《い》われて、わたしはあわててゲーム機《き》をかまえる。

それからふたりでチュートリアルを終《お》えて、いよいよ狩《か》りの時間《じかん》だ。

「ひっ」

「わっ」

「ええっ」

「わああわあわあ！」

ひとりさわがしいわたしの隣《となり》で、蒼太《そうた》くんは黙々《もくもく》とプレイをしている。

いや、いろいろアドバイスをしてくれるんだけど、わたしがヘタクソすぎるせいでぜんぜんそのアドバイスを生《い》かせていない。

「……ごめん、蒼太《そうた》くん」

狩場《かりば》からトボトボと戻《もど》るわたしのキャラクターは、心《こころ》なしか自分《じぶん》みたいにしょんぼりしているように見《み》える。

「ふ。市山《いちやま》が手《て》ぶらでティラノサウルスに突《つ》っ込《こ》んで行《い》ったときは、どうしようかと思《おも》った……ははっ！」

怒《おこ》られるかと思《おも》ったのに、蒼太《そうた》くんはゴキゲンだ。

笑《わら》いがこらえきれてないよ、蒼太《そうた》くん！

「あ、あれは……こう、恐竜《きょうりゅう》の足《あし》の間《あいだ》をくぐろうとしたの……！」

「いや、無理《むり》あるだろ。ふくく、普段《ふだん》はビビってるくせに、変《へん》なところで思《おも》い切《き》りいいよな」

わたしの行動《こうどう》がヘタクソかつ予想外《よそうがい》だったせいか、蒼太《そうた》くんの思《おも》い出《だ》し笑《わら》いは止《と》まらない。

だって、『伝《でん》セイⅢ』のボスをたおせたんだから、少《すこ》しはうまくなったと思《おも》ったのに！

蒼太《そうた》くんはよっぽどわたしの行動《こうどう》が楽《たの》しかったらしく、まだ笑《わら》っている。

……蒼太《そうた》くんが笑《わら》ってくれたからいいかぁ。

そんな気持《きも》ちになっていく。

そこからも、わたしがどれだけヘタクソで足《あし》を引《ひ》っ張《ぱ》っていても、蒼太《そうた》くんは怒《おこ》ったりしなかった。

本当《ほんとう》に。特攻《とっこう》したときだけポカーンと口《くち》を開《あ》けて、そのあと笑《わら》っていたくらい。

ゲームが好《す》きで上手《じょうず》だからといって、ほかの人《ひと》を悪《わる》く言《い》ったり冷《つめ》たくしたりしない。まさにブラストのアオが貫《つらぬ》いているポリシーと一緒《いっしょ》だ。

「あ、何《なに》、ふたりでゲームしてるの？　俺《おれ》も混《ま》ぜてよ～！」

紫音《しおん》くんが帰《かえ》ってくるなりニコニコと寄《よ》ってくる。

そんな紫音《しおん》くんに、蒼太《そうた》くんは厳《きび》しい顔《かお》を向《む》けた。

「言《い》っとくけど、市山《いちやま》は兄《にい》ちゃんより狩《か》りうまいからな」

「……！　嘘《うそ》だろ、ひーちゃん……」

「兄《にい》ちゃんの動《うご》きが謎《なぞ》すぎなんだよ」

そっか、紫音《しおん》くんは本当《ほんとう》にゲームが苦手《にがて》なんだね……？

前《まえ》もそうだったし、とわたしが納得《なっとく》した顔《かお》でうなずいていると、それを見《み》た蒼太《そうた》くんがまた笑《わら》っていた。

今日《きょう》は蒼太《そうた》くんがたくさん笑《わら》ってくれて、すごくうれしい。

それから三人《さんにん》で狩《か》りにいったけど……完《かん》ぺき超人《ちょうじん》の紫音《しおん》くんは何《なに》もないところで大《だい》ジャンプしたり手《て》ぶらだったりと、あいかわらずだったよ！

第七章《だいななしょう》　新《あたら》しいお友達《ともだち》！

突然《とつぜん》の同居《どうきょ》が始《はじ》まってあっという間《ま》に一週間《いっしゅうかん》が過《す》ぎた。

わたしのドキドキも少《すこ》しだけ落《お》ち着《つ》いてきた……気《き》がする。

教室《きょうしつ》のうしろの席《せき》でいつも通《どお》り目立《めだ》たないように気配《けはい》を消《け》しながら、ほっと息《いき》をつく。

すると、にゅっと目《め》の前《まえ》に人影《ひとかげ》が。

「市山《いちやま》、ごめん。ばんそうこう持《も》ってる？」

蒼太《そうた》くんが学校《がっこう》で話《はな》しかけてくれた！

学校《がっこう》ではほとんど話《はな》さないから、びっくりしちゃった。

「う、うん、あるよ。ちょっと待《ま》ってね……」

ドキドキしながら、ランドセルのポケットからばんそうこうを取《と》り出《だ》す。

お母《かあ》さんが『もしものために』って、入《い》れてくれていて助《たす》かった……！

「ありがとう。助《たす》かる。ランドセルに入《い》れていたやつがなくなったの忘《わす》れてた」

「はい、どうぞ」

ばんそうこうを受《う》け取《と》った蒼《そう》太《た》くんが廊下《ろうか》へ出《で》て行《い》く。

その背中《せなか》を見送《みおく》ったあと、クラスの女《おんな》の子《こ》たちの視線《しせん》が一気《いっき》に突《つ》き刺《さ》さった。

普段《ふだん》かくれるようにして生活《せいかつ》しているから、人《ひと》の視線《しせん》に敏感《びんかん》なんだ。

だからきっと、気《き》のせいじゃないはず……

――ばんそうこうをあげただけでこれだから、同居《どうきょ》がバレたらどうなっちゃうの……？

蒼《そう》太《た》くんがブラストのメンバーだとか、それより前《まえ》に！

もしかして、蒼《そう》太《た》くんは自分《じぶん》が人気者《にんきもの》だってわかってないのかも……？

視線《しせん》がこわくて席《せき》から動《うご》けないでいると、チャイムが鳴《な》った。

「おーい、席着《せきつ》け〜。今日《きょう》は五年生《ごねんせい》から始《はじ》まる委員会活動《いいんかいかつどう》の説明《せつめい》をするぞ〜。各委員会《かくいいんかい》からの紹介《しょうかい》プリントを配《くば》るから、目《め》を通《とお》しておけよ」

先生《せんせい》が入《はい》ってきて四時間目《よじかんめ》が始《はじ》まったおかげで、さっき感《かん》じていた視線《しせん》がすっかりなくなってホッとする。

前《まえ》の人《ひと》から回《まわ》ってくるプリント。

そこには保健委員《ほけんいいん》に図書委員《としょいいん》と、いろんな委員会《いいんかい》が紹介《しょうかい》されている。

——わ、かわいい……！

一番右下《いちばんみぎした》の委員会《いいんかい》の枠《わく》に、とってもかわいいウサギのイラストが書《か》いてある。

ええっと、《園芸委員会《えんげいいいんかい》》かあ……どんな活動《かつどう》をするんだろう。

花《はな》に囲《かこ》まれたかわいいウサちゃんと目《め》が合《あ》ってしまって、すっかり興味《きょうみ》がわいた。

給食《きゅうしょく》のカレーを食《た》べたあとの、お昼休《ひるやす》み。ほかのクラスの友達《ともだち》に会《あ》いに行《い》こうと教室《きょうしつ》を出《で》ようとしたとき、誰《だれ》かにぶつかってしまった。

「きゃっ！」

「わっ、ごめんなさい！」

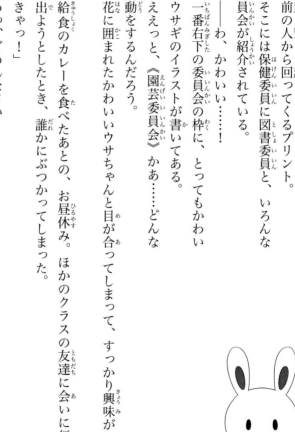

びっくりして顔《かお》を上《あ》げると、そこにいたのは羽田結愛《はねだゆあ》ちゃん！

栗色《くりいろ》の髪《かみ》をふたつ結《むす》びにして、大《おお》きな瞳《ひとみ》がウルウルしてる。

「羽田《はねだ》さん、ごめんなさい……！」

羽田《はねだ》さんとわたしは身長差《しんちょうさ》があるから、もしかしたら顔《かお》に腕《うで》がぶつかっちゃったのかも。

「ううん、大丈夫《だいじょうぶ》だよっ！　結愛《ゆあ》が、ちゃんと見《み》てなかったんだもん」

羽田《はねだ》さんは、ちょっとだけ眉《まゆ》を下《さ》げて、かわいい笑顔《えがお》を見《み》せた。

「い、痛《いた》いところとかないかな？　足《あし》をひねっちゃったりとか……！」

「ヘーキヘーキ！」

「よかった……！」

わたしはホッと胸《むね》をなでおろした。

やさしいし、かわいいし、わたしの憧《あこが》れの女《おんな》の子《こ》そのもの。

羽田《はねだ》さんにケガがなくてほんとによかった！

「……強《つえ》え〜。さっすがデカ女《おんな》！」

「市山《いちやま》ってもはや壁《かべ》だよな、羽田《はねだ》さんカワイソー」

「なんてったって、山《やま》だしな」

近《ちか》くにいた男子《だんし》が、クスクス笑《わら》いながら、わたしをそう呼《よ》んでいた。

はずかしくなって、顔《かお》がカッと赤《あか》くなる。

「羽田《はねだ》さん、本当《ほんとう》にごめんね、ごめん……」

わたしは何度《なんど》も何度《なんど》も頭《あたま》を下《さ》げて、羽田《はねだ》さんに謝《あやま》った。そして、逃《に》げるように教室《きょうしつ》を離《はな》れて、わたしは図書室《としょしつ》に逃《に》げ込《こ》んだ。

――「デカ女《おんな》」って、また言《い》われちゃった。

「教室《きょうしつ》に戻《もど》るのいやだなあ……」

さっきデカ女《おんな》と言《い》っていたのは、いつもふざけている男子《だんし》グループ。

聞《き》き流《なが》せばいいのに、うまくできない。

しょんぼりしたまま過《す》ごし、五分前《ごふんまえ》のチャイムが鳴《な》って、重《おも》い腰《こし》をあげる。

五時間目《ごじかんめ》の総合《そうごう》の授業《じゅぎょう》が始《はじ》まる前《まえ》、どこかソワソワした雰囲気《ふんいき》の教室《きょうしつ》に滑《すべ》り込《こ》んで、わたしはうつむいたまま席《せき》に戻《もど》った。

――早《はや》く家《いえ》に帰《かえ》りたいなあ。

落《お》ち着《つ》かない気持《きも》ちでいっぱいだ。

先生《せんせい》が入《はい》ってきて、みんなをぐるりと見渡《みわた》す。

「今日《きょう》の授業《じゅぎょう》からはしばらくグループ学習《がくしゅう》をします。テーマは『防災《ぼうさい》』。防災《ぼうさい》のための安全《あんぜん》なまちづくりとその取《と》り組《く》みについて、グループで調《しら》べてまとめたあと、発表《はっぴょう》してもらうからな」

「えー、グループ学習《がくしゅう》？」

「どんなグループなんだろ～」

先生《せんせい》の声《こえ》に、教室《きょうしつ》にはいろんな声《こえ》が聞《き》こえる。

――ど、どうしよう……！

わたしは声《こえ》も出《だ》せずにオロオロしていた。

グループ学習《がくしゅう》なんて本当《ほんとう》に苦手《にがて》。

それに、みんなの前《まえ》で発表《はっぴょう》なんて絶対無理《ぜったいむり》！　ただでさえ五年生《ごねんせい》のクラス変《が》えで仲良《なかよ》しの友達《ともだち》がひとりもいなくて困《こま》っていたのに！

そんなとき、端《はし》の席《せき》の蒼太《そうた》くんと目《め》が合《あ》った。

わたしは、よっぽど困《こま》った顔《かお》をしていたみたい。

蒼太《そうた》くんは、ちょっと驚《おどろ》いた顔《かお》をして、でも、ちょっぴり笑《わら》っているように見《み》える。

うう、発表《はっぴょう》のときみたいに見守《みまも》ってくれてるのかな……

はずかしくなったけど、蒼太《そうた》くんのおかげでちょっとだけ安心《あんしん》できた。

「はい、グループ分《わ》けは先生《せんせい》がやってます。プリントの表《ひょう》に従《したが》って移動《いどう》してください」

「「えーーー!?」」

「はいはい静《しず》かに。みんなプリント持《も》ったな？　はい移動《いどう》！」

みんなの抗議《こうぎ》の声《こえ》。でも先生《せんせい》は笑顔《えがお》で押《お》し切《き》る。

「よかった……もうグループが決《き》まってたんだ」

先生《せんせい》の発言《はつげん》にホッとしながら、わたしは手元《てもと》に回《まわ》ってきたプリントを見《み》る。

「四人班《よにんはん》……わたしの名前《なまえ》はどこだろう。市山《いちやま》、市山《いちやま》、市山《いちやま》……あっ！」

名前《なまえ》を見《み》つけたわたしは、思《おも》わず声《こえ》が出《で》てしまった。すでに席《せき》の移動《いどう》を始《はじ》めたみんなには聞《き》かれてないみたい。

わたしもいそいで移動《いどう》する。

「……よ」

「えへへ、偶然《ぐうぜん》だね」

移動《いどう》した先《さき》で、蒼太《そうた》くんと軽《かる》くあいさつをした。

思《おも》わずほっぺがゆるむ。

なんと、蒼太《そうた》くんと同《おな》じ班《はん》だったの！

「あっ、市山《いちやま》さんだあ。よろしくねえ～」

「羽田《はねだ》さん……！　よろしくお願《ねが》いします」

そしてパタパタと走《はし》ってきたのは、昼休《ひるやす》みぶりの羽田《はねだ》さんだった。わたしにニコニコとかわいい笑顔《えがお》を向《む》けてくれる。

「蒼太《そうた》と一緒《いっしょ》だなんて光栄《こうえい》だなあ。羽田《はねだ》さんと市山《いちやま》さんも、これからよろしく！」

そして最後《さいご》にもうひとり、お菓子《かし》みたいにふわふわの髪《かみ》と整《ととの》った顔立《かおだ》ちの王子様《おうじさま》みたいな男《おとこ》の子《こ》がやってきた。

前《まえ》にみんながさわいでいた、このクラスのもうひとりのイケメン胡桃沢千明《くるみざわちあき》くん。

いつも穏《おだ》やかでやさしいから、本当《ほんとう》に「王子様《おうじさま》」って言《い》われているんだ！

蒼太《そうた》くんと羽田《はねだ》さんと胡桃沢《くるみざわ》くん。

この三人《さんにん》が揃《そろ》っただけでクラスのみんながざわめくのがわかる。

――この中《なか》に、わたし……!?

蒼太《そうた》くんの名前《なまえ》を見《み》つけただけで表《ひょう》をよく見《み》ていなかったけど、まさかクラスの人気者《にんきもの》で固《かた》められたグループにわたしが入《はい》るなんて！

視線《しせん》を感《かん》じるよ……

「はい、このグループで二《に》ヶ月間活動《かげつかんかつどう》していくからな～」

先生《せんせい》のその言葉《ことば》がガンガンとひびいて、目立《めだ》つこと間違《まちが》いなしのこのグループでわたしがやっていけるのか、すごくすごーーく不安《ふあん》だ。

「ねえねえ、市山《いちやま》さんっ」

グループでの話《はな》し合《あ》いの時間《じかん》が始《はじ》まり、こっそり羽田《はねだ》さんが話《はな》しかけてくれる。

ひそひそ声《ごえ》までかわいい……！

「羽田《はねだ》さん、どうかした？　あっ、席変《せきか》わったほうがいいかな……？」

もしかして、わたしがじゃまで黒板《こくばん》が見《み》えないとか？

今《いま》はわたしのほうが羽田《はねだ》さんの前《まえ》にいるから、じゃまならすぐにでも席《せき》を変《か》わらないと！

そう思《おも》ったけど、羽田《はねだ》さんはフルフルと首《くび》を横《よこ》に振《ふ》った。

「あのね、せっかく同《おな》じグループになったから、市山《いちやま》さんもあだ名《な》で呼《よ》びたいなって思《おも》って！　……ダメかなあ～？」

「あ、う、うん、もちろん大丈夫《だいじょうぶ》だよ」

思《おも》いがけない質問《しつもん》に驚《おどろ》いたけど、こくりとうなずく。

羽田《はねだ》さんはぱあっと明《あか》るい笑顔《えがお》になる。

「じゃあ、ひなっちって呼《よ》ぶねっ！　私《わたし》のことは、そのままユアって呼《よ》んでほしいな！」

「ゆ……結愛《ゆあ》ちゃん」

「えへへ、ありがとう～！」

わたしが名前《なまえ》を呼《よ》ぶと、結愛《ゆあ》ちゃんは大《おお》きな目《め》を細《ほそ》めてうれしそうにしている。

本当《ほんとう》にかわいい。

それに、あまりにも正反対《せいはんたい》の存在《そんざい》すぎて近寄《ちかよ》れなかったけど、かわいいだけじゃなくってやさしくて素敵《すてき》な女《おんな》の子《こ》だ！

「じゃあぼくも。せっかくこうして同《おな》じグループになれたんだし、ひなちゃんと結愛《ゆあ》ちゃんって呼《よ》んじゃうね！」

結愛《ゆあ》ちゃんの向《む》かいの席《せき》にいる胡桃沢《くるみざわ》くんが、わたしたちの名前《なまえ》を親《した》しげに呼《よ》ぶ。

その瞬間《しゅんかん》、ほかのグループの女子《じょし》からのギンッとした鋭《するど》い視線《しせん》。

――見《み》られてる、見《み》られてるよ……！

わたしは身《み》を縮《ちぢ》めてみたけど、もちろん体《からだ》をかくせるわけがない。せめてこの前髪《まえがみ》にかくれちゃおう。

「ぼくのことは千明《ちあき》って呼《よ》んでくれるとうれしいな。名字《みょうじ》だと長《なが》いから」

「わかったあ。千明《ちあき》くんって呼《よ》ぶねっ♪」

胡桃沢《くるみざわ》くんのさわやかな申《もう》し出《で》に、結愛《ゆあ》ちゃんは明《あか》るく返《かえ》している。

やっぱり、かわいい女《おんな》の子《こ》は返《かえ》しも自然《しぜん》でかっこいいなあ……！

感心《かんしん》していたら、胡桃沢《くるみざわ》くんの王子《おうじ》さまスマイルがわたしに向《む》いていた。

「あ、あの、胡桃沢《くるみざわ》く……」

「ち・あ・き。はい、ひなちゃんも言《い》ってみて？」

千明《ちあき》くんの笑顔《えがお》は、まるで太陽《たいよう》みたいにまぶしいんだけど、その言葉《ことば》は、ちょっとだけ厳《きび》しく聞《き》こえた。

周《まわ》りの目《め》がこわいけど、わたしは一回《いっかい》小《ち》さく息《いき》を吸《す》って、口《くち》を開《ひら》いた。

「ち、千明《ちあき》くん……！」

「うん！　よろしくね、ひなちゃん」

なんとかしぼりだしたら、千明《ちあき》くんの笑顔《えがお》はさらに輝《かがや》きを増《ま》した。

その目《め》は、ちょっとだけいたずらっぽく光《ひか》っている。

心臓《しんぞう》がもたないよ……！

「ひなっちって、志水《しみず》くんのことは最初《さいしょ》っから下《した》の名前《なまえ》で呼《よ》んでるよねっ！」

結愛《ゆあ》ちゃんの言葉《ことば》に、わたしはうなずく。

「う、うん。昔《むかし》からそうだから……蒼太《そうた》くんとは幼稚園《ようちえん》から一緒《いっしょ》なの」

「へえ～そうなんだ。今《いま》までそんなに仲良《なかよ》しに見《み》えなかったから、意外《いがい》～っ！」

目《め》を丸《まる》くした結愛《ゆあ》ちゃんは、口《くち》の前《まえ》に手《て》を広《ひろ》げている。

どこかちくっとトゲがあるような気《き》がしたけど、わたしと蒼太《そうた》くんが仲良《なかよ》し幼《おさな》なじみに見《み》えないのは本当《ほんとう》だから仕方《しかた》ない。

ちょっと、さみしい気持《きも》ちにはなるけど……

「あ、あはは……」

同居《どうきょ》のおかげで最近《さいきん》になって距離《きょり》が縮《ちぢ》まったなんて言《い》えないよ。

わたしは乾《かわ》いた笑《わら》いでやりすごす。

「じゃあ、ひなっちの真似《まね》っこで、結愛《ゆあ》も志水《しみず》くんのこと蒼太《そうた》くんって呼《よ》ぶね♪」

「……勝手《かって》にすれば」

結愛《ゆあ》ちゃんの笑顔《えがお》に、蒼太《そうた》くんはむっつりと無表情《むひょうじょう》のまま。クールってやつだ。

わたしはなんだかハラハラしちゃう。

蒼太《そうた》くん、結愛《ゆあ》ちゃんと仲良《なかよ》くしないのかな？

そんなわたしの心配《しんぱい》をよそに、結愛《ゆあ》ちゃんは笑顔《えがお》のまま、またわたしを見《み》る。

「でも本当《ほんとう》に結愛《ゆあ》、ひなっちと超超超《ちょうちょうちょう》仲良《なかよ》くなりたかったから、同《おな》じグループでとってもうれしいなあ～！　これから仲良《なかよ》くしようね～っ」

結愛《ゆあ》ちゃんの周《まわ》りは、お花《はな》が飛《と》んでいるみたいに華《はな》やか。周囲《しゅうい》を明《あか》るくする素敵《すてき》な笑顔《えがお》についつい見《み》とれちゃう。

「わ、わたしこそ、よろしくね」

「ぼくもぼくも～。ほら、蒼太《そうた》も混《ま》ざってよ！」

「……千明《ちあき》、お前《まえ》……」

みんなで盛《も》り上《あ》がる中《なか》、蒼太《そうた》くんはあきれた顔《かお》で千明《ちあき》くんを見《み》ている。

無邪気《むじゃき》な千明《ちあき》くんに、蒼太《そうた》くんがめずらしくタジタジになってる……！

女《おんな》の子《こ》に大人気《だいにんき》のふたり、元《もと》から仲良《なかよ》しだったのかも。

——これから二《に》ヶ月《かげつ》、このとんでもないメンバーが同《おな》じグループなんて、どうなるのかすご～～くドキドキする。

でも、蒼太《そうた》くんもいるし、大丈夫《だいじょうぶ》だよね？　結愛《ゆあ》ちゃんや千明《ちあき》くんもやさしいし、仲《なか》良《よ》くなれそうでよかった。

ただやっぱり、みんながチラチラとこっちを見《み》てるのがわかる。

うう、全部《ぜんぶ》うまくいって、また平穏《へいおん》に暮《く》らせますように……！

わたしは窓《まど》の外《そと》を見《み》て、心《こころ》から願《ねが》った。

第八章《だいはっしょう》　ブラストのリーダーがやってきた⁉

その日《ひ》の夕方《ゆうがた》。

アキさんは在宅《ざいたく》ワークをしているけど、蒼太《そうた》くんはサッカークラブに行《い》っていて、紫音《しおん》くんもまだ帰《かえ》ってきていない。

いつもよりずっと静《しず》かな家《いえ》で、わたしはベッドを背《せ》もたれにして、タブレットを開《ひら》く。

「あっ、ブラストの全体動画《ぜんたいどうが》が更新《こうしん》されてる……！」

わたしはタブレットの通知《つうち》を見《み》てうれしくなった。ブラストは基本的《きほんてき》に各《かく》メンバーが得意《とくい》なジャンルを配信《はいしん》しているから、週《しゅう》に一回《いっかい》くらい更新《こうしん》される。

でも、全員《ぜんいん》が揃《そろ》う配信《はいしん》は二週間《にしゅうかん》に一回《いっかい》くらいしかないから、いつも待《ま》ち遠《どお》しいの。

今日《きょう》の動画《どうが》は、ちびキャラたちにみんなの声《こえ》でアフレコしたもの。

いつもテンションが高《たか》くていじられリーダーのアカネ。

落《お》ち着《つ》いたお兄《にい》さんキャラのシオン。
にこにこ笑顔《えがお》が素敵《すてき》な王子様《おうじさま》キャラのｍ《モ》ｏｍ《モ》ｏ。
寡黙《かもく》でクールな常識人《じょうしきじん》のアオ。
そして、ほんわかいやし系《けい》メガネキャラのミドリ。
イラストもかわいいし、五人《ごにん》がいつもワイワイやってて、見《み》てるわたしも楽《たの》しくなっちゃうんだ！
《こ〜んに〜ちは〜〜っ！　今日《きょう》のブラストは「リスナーさんからの質問《しつもん》にガンガン答《こた》えようぜ!!」のコーナーをやっていこうと思《おも》いまーすっ！》
真《ま》っ赤《か》なリーダー、アカネの明《あか》るい声《こえ》。
《だいぶチャンネル登録者数《とうろくしゃすう》が増《ふ》えてきたし、自分《じぶん》たちも驚《おどろ》いてる。いつもありがとうございます〜ドンドンパフパフ〜♩》
《やっていくよ〜！》
《わーい》
その明《あか》るい声《こえ》に、みんなが拍手《はくしゅ》したり相《あい》づちを打《う》ったりして、とってもにぎやか！

どんな質問《しつもん》があるのか、わたしもワクワクしちゃう……！

《最初《さいしょ》はこれかな。”いつも仲良《なかよ》しなメンバーを年齢順《ねんれいじゅん》で言《い》うと？“》

《あーこれか～！》

アカネが質問《しつもん》を読《よ》み上《あ》げ、シオンが短《みじか》く相《あい》づちを打《う》つ。

それだけで「イケボすぎ」というコメントがたくさん！

シオン、すごいなあ。

《最近《さいきん》やってないから、久々《ひさびさ》にやるか～！　じゃあ並《なら》び直《なお》してみよ～》

シオンの呼《よ》びかけで、画面《がめん》にいたメンバーがぞろぞろと移動《いどう》し始《はじ》めた。

左《ひだり》からアカネ、シオン、意外《いがい》なことに真《ま》ん中《なか》がミドリで、そこからアオｍ《モ》ｏｍ《モ》ｏと並《なら》ぶ。

――ミドリって、真《ま》ん中《なか》なんだ。

ミドリは全体配信《ぜんたいはいしん》のとき以外《いがい》はあまり出《で》てこないから、レアな人物《じんぶつ》！　おっとりとやさしい人柄《ひとがら》みたいで、ミドリがいると場《ば》がほわほわと和《なご》むんだ。

《えーと、自分《じぶん》とシオンが同《おな》い年《どし》で、その下《した》がミドリ、それでアオとｍ《モ》ｏｍ《モ》ｏがタメ。こんな感《かん》じ！》

《精神的《せいしんてき》にはアカネっちが一番年下《いちばんとしした》だけどね〜》
説明《せつめい》するアカネに、シオンが笑《わら》ってる。
いつも聞《き》いている紫音《しおん》くんの声《こえ》なのに、画面越《がめんご》しだとちょっと違《ちが》って聞《き》こえる。
《うーわ！　シオンってば、そういう発言《はつげん》しちゃうんだ？　ほら年下《としした》コンビ！　この腹黒《はらぐろ》
シオンになんとか言《い》ってくれよお!!》
《……シオンの言《い》うことのほうがわかる》
《うんうん、シオンの言《い》う通《とお》りだよね！》
アカネが年下《としした》コンビに泣《な》きつくと、アオとｍ《モ》ｏｍ《モ》ｏは神妙《しんみょう》な顔《かお》でうなずいていた。
イラストの顔《かお》も絶妙《ぜつみょう》すぎる。
ぜんぜんアカネの味方《みかた》になってないんだもん！
《シオンの陰謀《いんぼう》だ!!》
アカネは、おいおいと泣《な》いている。
「ふふっ」
今日《きょう》も、みんな仲良《なかよ》しで、見《み》てるわたしもうれしくなっちゃうな。

シオンは、たまに「腹黒魔王《はらぐろまおう》キャラ」って呼《よ》ばれてて、アカネに特《とく》に厳《きび》しくするのが、一種《いっしゅ》の伝統芸《でんとうげい》みたいなんだって。

「……蒼太《そうた》くんと紫音《しおん》くんがブラストをやってるんだったら、もしかしてほかのメンバーも近《ちか》くにいたりするのかな……？」

そう考《かんが》えてちょっとドキドキしちゃう。

もちろん、メンバーには中《なか》の人《ひと》がいるのはわかってるんだけど……なんだか不思議《ふしぎ》な感《かん》じがする。

それからも質問《しつもん》コーナーは続《つづ》き、特技《とくぎ》や最近《さいきん》のお気《き》に入《い》りなどを発表《はっぴょう》していく。

《――じゃあ最後《さいご》は、それぞれ好《す》きな飲《の》みものを言《い》っていこう！》

メンバーが、並《なら》んだ順番《じゅんばん》に好《す》きな飲《の》みものを言《い》っていく。

アオこと蒼太《そうた》くんはやっぱり「牛乳《ぎゅうにゅう》」って答《こた》えてて、やっぱり大好《だいす》きなんだなぁとほっこりした。

動画《どうが》のしめくくりは、ミドリによるミニコーナー。

いつも最後《さいご》に、動植物《どうしょくぶつ》に関《かん》する雑学《ざつがく》を発表《はっぴょう》してくれるんだ。

《ミドリ、今日《きょう》のテーマは～？》
シオンが声《こえ》をかけると、にこにこしていたミドリが前《まえ》に出《で》てきた。
好《す》きな飲《の》みものは緑茶《りょくちゃ》なんだって。
大人《おとな》だ……！
《今日《きょう》のテーマはこちらです。リスについて》
《おお～リスかぁ、しっぽがふわふわでかわいいよね～》
ミドリの話《はなし》に、シオンが相《あい》づちを打《う》った。
うん、リスはかわいい。
《はい。リスは大変愛《たいへんあい》らしい動物《どうぶつ》です。でも実《じつ》は……リスは自分《じぶん》に危機《きき》が迫《せま》ると、しっぽを切《き》り落《お》として、体《からだ》だけ逃《に》げていくのです》
「えっ!?」
《ええええっ!?》
ミドリの発言《はつげん》に、わたしとほかのメンバーは、みんな驚《おどろ》いて声《こえ》をあげた。コメント欄《らん》にも、戸惑《とまど》いの声《こえ》がいっぱい。

——リスのしっぽって、取《と》れちゃうの……？

さっきまでのほのぼのした空気《くうき》が、一変《いっぺん》してざわわしてる……！

《えっあの、リスのしっぽが取《と》れ……あっわかった！　また生《は》えてくるんだろ。ほらトカゲとかみたいに。ああもうビビった～》

あわてながらも納得《なっとく》したみたいなアカネの声《こえ》に、わたしも安堵《あんど》する。

——そ、そっか……またふさふさに戻《もど》るならそれでもいい……かな？

そう思《おも》ったところで、画面《がめん》のミドリはゆっくりと首《くび》を横《よこ》に振《ふ》った。

《いえ。リスのしっぽは一度《いちど》取《と》れると二度《にど》と生《は》えてきません》

《えっ……ええ～～！》

《リスさんのしっぽ、もう生《は》えてこないの？》

《はい。生《は》えてこないんです》

《しっぽのないリス……想像《そうぞう》つかないな……》

メンバーたちも戸惑《とまど》っているし、リスナーも戸惑《とまど》っている。

もちろんわたしも。

《それに、リスの自分自身《じぶんじしん》への危機《きき》の判定《はんてい》がかなり厳《きび》しくて、しっぽを少《すこ》し触《さわ》られただけで取《と》れてしまう可能性《かのうせい》があります。むやみに触《さわ》らないでくださいね》

ミドリは説明《せつめい》が終《お》わると、険《けわ》しい顔《かお》を元《もと》に戻《もど》した。

なんだか、とんでもない雑学《ざつがく》を知《し》っちゃった……！

あんなにかわいいリスのしっぽが、触《さわ》るとぽろりと落《お》ちちゃうなんて。

でも、誰《だれ》かに教《おし》えたい！

《よっし、今日《きょう》はここまでにする！　みんなもリスを見《み》つけても触《さわ》らないでね。また会《あ》おうな〜！》

微妙《びみょう》にしんみりとした空気《くうき》になったけど、明《あか》るいアカネのあいさつで動画《どうが》は終《お》わった。

「……本当《ほんとう》にびっくり。お母《かあ》さんにも教《おし》えてあげようっと」

わたしはタブレットのメッセージを確認《かくにん》して、お母《かあ》さんとやりとりをする。

今日学校《きょうがっこう》であった出来事《できごと》と、もちろんリスの話題《わだい》も添《そ》えて。

「……宿題《しゅくだい》、やっとこ」

わたしはランドセルから課題《かだい》のプリントを取《と》り出《だ》した。

ガチャリ。

ちょうど宿題《しゅくだい》が終《お》わったとき、玄関《げんかん》のドアが開《ひら》く音《おと》がした。この部屋《へや》は玄関《げんかん》に一番近《いちばんちか》いから、音《おと》がよくひびくんだ。

「ただいま～」

この声《こえ》は、紫音《しおん》くん。

「おじゃましまーーすっ！」

そして、どこかで聞《き》いたような聞《き》いてないような、そんな声《こえ》が聞《き》こえてきた。

——紫音《しおん》くんのお友達《ともだち》かな……？

同居《どうきょ》するようになってから、紫音《しおん》くんが誰《だれ》かをこの家《いえ》に連《つ》れてくるのは初《はじ》めて。

勝手《かって》にドキドキして、息《いき》をひそめる。

「カネち、そこで適当《てきとう》にくつろいでて～。なんか飲《の》みもの取《と》ってくるから」

「オッケー！　ありがとな！」

廊下《ろうか》で話《はな》す紫音《しおん》くんたちの声《こえ》が聞《き》こえる。

どうやら、紫音《しおん》くんの部屋《へや》で遊《あそ》ぶみたい。

「……今《いま》なら、部屋《へや》を出《で》ても大丈夫《だいじょうぶ》だよね？」

今《いま》、とっても喉《のど》が渇《かわ》いている。動画《どうが》に夢中《むちゅう》になりすぎちゃった。

もう、どうして先《さき》に飲《の》みものを準備《じゅんび》しなかったんだろう。喉《のど》が渇《かわ》いたって気《き》づいちゃったら、どんどん喉《のど》がカラカラになってきた気《き》がする……！

しばらく廊下《ろうか》の様子《ようす》に聞《き》き耳《みみ》を立《た》てていたけど、今《いま》なら誰《だれ》もいないかも。

扉《とびら》を開《あ》けて、ちょっとだけ顔《かお》を出《だ》す。

うん、お友達《ともだち》さんは部屋《へや》にいるみたい。

「あっひーちゃん。おかえり～」

キッチンでは紫音《しおん》くんが飲《の》みものをふたつ用意《ようい》しているところだった。

もれなく牛乳《ぎゅうにゅう》だ。グラスに並々《なみなみ》と注《そそ》がれている。

初日《しょにち》から思《おも》ったんだけど、どうやら志水家《しみずけ》では牛乳《ぎゅうにゅう》をモリモリ飲《の》むのが当《あ》たり前《まえ》みたい。

蒼太《そうた》くんだけじゃなくて、紫音《しおん》くんもすごいペースで牛乳《ぎゅうにゅう》を飲《の》んでるの。

「しっ紫音《しおん》くん、ただいま……！　それに、おかえりなさい」

あいさつをすると、いつもの素敵《すてき》な笑顔《えがお》。

それから手《て》に持《も》っている牛乳《ぎゅうにゅう》を高《たか》く掲《かか》げる。

「ひーちゃんも牛乳《ぎゅうにゅう》飲《の》む～？」

「ううん、麦茶《むぎちゃ》を飲《の》もうかなって」

「りょーかい！」

紫音《しおん》くんは、冷蔵庫《れいぞうこ》を開《あ》ける動作《どうさ》すら、ムダがない。

麦茶《むぎちゃ》を取《と》り出《だ》すと、わたしのためにグラスを用意《ようい》する。その手《て》つきはまるでバレエのステップを見《み》ているみたい。

「はい、どうぞ」

「ありがとう……！」

麦茶《むぎちゃ》のグラスを受《う》け取《と》ってお礼《れい》を言《い》う。

紫音《しおん》くんはいつもスマートだ。単《たん》に動作《どうさ》が速《はや》いだけじゃなくって、相手《あいて》への気《き》づかいが感《かん》じられる。いつも言葉《ことば》が的確《てきかく》で、やさしい。

――すごいなあ、紫音《しおん》くんは。

わたしは紫音《しおん》くんに心《こころ》から感心《かんしん》し、そして憧《あこが》れを感《かん》じた。ドキドキしながらグラスを持《も》っていると、紫音《しおん》くんは「そうだ」と言《い》った。

「ひーちゃん。今日《きょう》ね、俺《おれ》の友達《ともだち》が来《き》てるんだ〜」

「あ、うん、声《こえ》が聞《き》こえたから……じゃましないように静《しず》かにしておくね」

紫音《しおん》くんの言葉《ことば》に、わたしは「もちろん！」とうなずいた。同居《どうきょ》させてもらっているのだから、そのせいで窮屈《きゅうくつ》な思《おも》いをさせるのはいやだもん。

「いや、そういう意味《いみ》じゃなくてね！　こっちがうるさくしちゃうから先《さき》に謝《あやま》っておこうかなって。カネち、鐘《かね》ヶ《が》江《え》朱《あや》人《と》っていう中学《ちゅうがく》からの同級生《どうきゅうせい》なんだけど、すっごくさわがしいヤツでさ〜」

そう言《い》いながらも、紫音《しおん》くんはどこかうれしそう。

その鐘《かね》ヶ《が》江《え》くんという人《ひと》は、きっと紫音《しおん》くんにとって大切《たいせつ》な友達《ともだち》なんだ。

「あっ、そうだ！　ひーちゃんも会《あ》ってみる？」

「えっ？」

紫音《しおん》くんの提案《ていあん》にわたしはぎょっとする。

「うん、そうだ、そうしよ。もう俺《おれ》らのことバレちゃってるし、完全《かんぜん》に知《し》ってもらったほうが、あとでいろいろ考《かんが》えなくて良《よ》さそうだもんね〜」

「し、紫音《しおん》くん……？」

「来《き》て来《き》て！　あっ、蒼太《そうた》がいないから怒《おこ》られるかな……？　ま、いっか、カネちだしセーフだろう」

「？？？」

紫音《しおん》くんに言《い》われるがまま、わたしはそのあとをついていく。

——わたし、かなり場違《ばちが》いなんじゃないかな……？

「カネちー。開《あ》けるよー」

紫音《しおん》くんが部屋《へや》の前《まえ》でそう言《い》うと、中《なか》からは「おう」と短《みじか》く返事《へんじ》があった。

涼《すず》しげな表情《ひょうじょう》の紫音《しおん》くんとは反対《はんたい》に、わたしはドキドキが止《と》まらない。

思《おも》わず背中《せなか》が丸《まる》まって、紫音《しおん》くんの背中《せなか》にサッとかくれちゃった……！

ガチャ。

紫音《しおん》くんが扉《とびら》を開《あ》けたら、中《なか》の人《ひと》は頭《あたま》のうしろに手《て》を組《く》んで、腹筋《ふっきん》をしていた。

き、筋《きん》トレしてる……？　しかも、かなり本格的《ほんかくてき》に。

おそるおそる紫音《しおん》くんの背中《せなか》越しにのぞいてみるけど、どういうことかわかんないよ？

「カネち、飲《の》みもの持《も》ってきた～」

「お、紫音《しおん》ありがと……ってうおっ！　あいかわらず志水家《しみずけ》の牛乳接待《ぎゅうにゅうせったい》やばっ！　そんなグラスいっぱいの牛乳《ぎゅうにゅう》なんてCM《シーエム》以外《いがい》で見《み》ないだろ」

「そう？　うちじゃ普通《ふつう》だけどね～」

「いやいやいや……って、あれ」

紫音《しおん》くんのお友達《ともだち》が、わたしに気《き》づいたみたい。

さわやかな赤茶色《あかちゃいろ》の短《みじか》い髪《かみ》に、いたずらっぽい目《め》をした人《ひと》。

紫音《しおん》くんとはまた違《ちが》うやんちゃな雰囲気《ふんいき》で、この人《ひと》もイケメンだ！

めずらしいものでも見《み》るみたいに、じっと見《み》つめられてドキドキしちゃうよ……！

「こちらはお隣《となり》のひーちゃん。いまご両親《りょうしん》が事情《じじょう》があってこっちにいないから、うちで預《あず》かってるんだ。蒼太《そうた》と同《おな》じクラスなんだよ～」

「は、はじめまして！　市山《いちやま》ひなです」

緊張《きんちょう》して両手《りょうて》でズボンをぎゅっとにぎりしめながら、頭《あたま》を下《さ》げて自己紹介《じこしょうかい》をする。

「で、ひーちゃん。こっちが友達《ともだち》のカネち。実《じつ》はさ、カネちも配信《はいしん》やってるんだ〜」

「ハイシン……？」

紫音《しおん》くんの説明《せつめい》に、わたしは驚《おどろ》いてカネちさんをじっと見《み》つめる。

「ンッンッ！　《こ〜んに〜ちは〜〜！》」

そして喉《のど》の調整《ちょうせい》をしたかと思《おも》ったら、大《おお》きな声《こえ》であいさつをした。

「えっ、それって……！」

その声《こえ》に聞《き》き覚《おぼ》えがあって、思《おも》わず息《いき》をのんだ。

さっきまで動画《どうが》を見《み》ていたわたしは、頭《あたま》の中《なか》にブラストの姿《すがた》が浮《う》かんだから。

特徴的《とくちょうてき》な挨拶《あいさつ》をする、いつも元気《げんき》な赤色《あかいろ》のメンバー。

「もしかして……アカネ……ですか？」

わたしはドキドキしながら尋《たず》ねた。

「正解《せいかい》〜〜！　君《きみ》が噂《うわさ》のひなぴかぁ！　話《はなし》はかねがね聞《き》いてるぜ！　あっオレの名前《なまえ》はカネエだけどっ」

カネちさんはばちんとウインクをしつつ、右手《みぎて》はバキューーンのポーズ。

動画《どうが》とおんなじテンションだ！

「あ、はい……っ」

わたしは驚《おどろ》きすぎてそれ以上《いじょう》の言葉《ことば》が出《で》なかった。

――『ひなぴ』って、わたしの呼《よ》び名《な》……なのかな？

えっと、どう反応《はんのう》したらいいんだろう……！

「ちょっとカネち。うちのかわいいひーちゃんを寒《さむ》いギャグで困《こま》らせるの、やめてくんないかな～？」

「わっ、厳《きび》し～っ!!」

紫音《しおん》くんがカネちさんをたしなめると、カネちさんは動画《どうが》のアカネと同《おな》じように、明《あか》るく笑《わら》った。

近《ちか》くにほかのメンバーがいるかもと思《おも》っていたけど、まさかこうやって会《あ》えるなんて……！

ブラストは最初《さいしょ》、アカネがシオンを誘《さそ》って結成《けっせい》して、ふたりでスタートしたんだよね。

そこからアオやほかのメンバーが増《ふ》えていったんだって聞《き》いたことがある。

つまり目《め》の前《まえ》にいる、このカネちさんがまさにブラストを作《つく》った人《ひと》なんだ。

わたしは信《しん》じられない気持《きも》ちになって、両手《りょうて》でほっぺをおさえた。

「あのっ、ブラストの動画《どうが》いつも見《み》てます！　最新《さいしん》のもすっごくおもしろかったです!!」

わたしは推《お》しに最大限《さいだいげん》の尊《とうと》い気持《きも》ちを伝《つた》える。

いつもより大《おお》きな声《こえ》が出《で》て、自分《じぶん》でもびっくり。

「えっ!!　ひなぴって、オレらのリスナーなん!?」

カネちさんは紫音《しおん》くんを振《ふ》り返《かえ》る。

紫音《しおん》くんはうんうんとうなずいている。

「そうみたいなんだ～。俺《おれ》も蒼太《そうた》も知《し》ったばっかりなんだけどね」

カネちさんは、うれしそうな顔《かお》でわたしと紫音《しおん》くんを見比《みくら》べている。

「わっ……まじか～うれしい～～。ひなぴ、こちらこそいつも見《み》てくれてありがとうな！」

「きゃあぁ!?」

カネちさんは勢《いきお》いよくわたしに抱《だ》きついてきた！

その突然《とつぜん》の行動《こうどう》に、心臓《しんぞう》がバクバクと音《おと》を立《た》てる。

思《おも》っていたよりも力強《ちからづよ》くて、ぎゅうぎゅうと抱《だ》きしめられた。

それにわたしよりも身長《しんちょう》が高《たか》いから、ちょうどカネちさんの肩《かた》のところにジャストフイットしちゃってて身動《みうご》きがぜんぜん取《と》れない！

「あ、あのっ……！」

わたしはなんとか言葉《ことば》を発《はっ》しようとしたけど、頭《あたま》の中《なか》はもう真《ま》っ白《しろ》！

顔《かお》も熱《あつ》すぎて、どうしたらいいかわかんないよ〜〜〜！

「カネち、ちょっと！」

紫音《しおん》くんが、カネちさんの行動《こうどう》にあわてて、ベリッと引《ひ》き離《はな》してくれた。

「ごめんごめん、ついうれしすぎてさ！」

カネちさんは、少《すこ》し照《て》れくさそうに笑《わら》っている。

「ひーちゃん、大丈夫《だいじょうぶ》？」

心配《しんぱい》そうに眉《まゆ》を下《さ》げた紫音《しおん》くんに、顔《かお》をのぞきこまれる。

「う、うん、大丈夫《だいじょうぶ》……」

わたしは、まだ心臓《しんぞう》がドキドキしているのを感《かん》じながら、小《ちい》さくうなずいた。

「ちょっとカネち。うちのひーちゃんに触《さわ》らないでくれる？」

隣《となり》に立《た》った紫音《しおん》くんに、頭《あたま》をぽふぽふと撫《な》でられる。

紫音《しおん》くんとカネちさんは中学生《ちゅうがくせい》なだけあって、わたしより身長《しんちょう》が高《たか》い。

それにちょっとだけうれしくなってしまう自分《じぶん》が、本当《ほんとう》にいやだ。

何《なに》かにつけて身長《しんちょう》のことばかり考《かんが》えちゃうの、どうにかしたい……。

「ごめんって！　妹《いもうと》にする感覚《かんかく》でさ！　ひなぴもごめんな」

カネちさんはバツの悪《わる》そうな顔《かお》をしている。

「ひーちゃん。知《し》ってると思《おも》うけど、カネちは一応《いちおう》うちのリーダーやってるんだ。あと、動画編集《どうがへんしゅう》もメインでやってるんだよ～」

「えっ、そうなんだ……！」

わたしはカネちさんをじっと見《み》つめた。

身長《しんちょう》は紫音《しおん》くんと同《おな》じくらい。

体格《たいかく》は紫音《しおん》くんよりも筋肉質《きんにくしつ》に見《み》える。

動画《どうが》の編集《へんしゅう》ってすっごく大変《たいへん》そうなのに、すごい！

サムネからいつもわくわくするし、キャラの動《うご》きも楽《たの》しいもん！

「だからたまにカネちがうちに来《き》て、打《う》ち合《あ》わせとかやったりしてるんだ。蒼太《そうた》がいたら、そのあとは大体《だいたい》ふたりでずっとゲームしてるけどね～」

紫音《しおん》くんがそう教《おし》えてくれる。

「紫音《しおん》とゲームしても激弱《げきよわ》だからつまんないしな！」

「それを言《い》うなよ～」

「レースゲームやっても、俺《おれ》がアイテム使《つか》うまでもなく勝手《かって》に沼《ぬま》に落《お》ちるし、崖《がけ》からは落《お》ちるし、水《みず》たまりがあれば直進《ちょくしん》するじゃん」

「それは……そうだけど」

「大体《だいたい》、敵《てき》に当《あ》てるためのボールを投《な》げたら、必《かなら》ずそれが壁《かべ》に当《あ》たって紫音《しおん》のとこにはね返《かえ》ってきてクラッシュするのどうかしてる！」

「俺《おれ》も真面目《まじめ》にやってるんだけどなあ……？」

カネちさんの言葉《ことば》に、紫音《しおん》くんがしょんぼりしてる。

耳《みみ》が垂《た》れた犬《いぬ》みたいで、なんだかとってもかわいく見《み》える。

——たしかに紫音《しおん》くん、ゲームとっても弱《よわ》かったかも。

ここに来《き》た翌日《よくじつ》、蒼太《そうた》くんと三人《さんにん》でゲームをしたときも。

「ふふふ」

「あっほら！　ひなぴも笑《わら》ってるじゃーん!!!!」

「ひーちゃん、見捨《みす》てないでよ〜」

底抜《そこぬ》けに明《あか》るいカネちさんと、やさしく気《き》づかってくれる紫音《しおん》くん。

ふたりの性格《せいかく》は正反対《せいはんたい》に感《かん》じるのに、息《いき》はぴったり！

「——ただいま……うわ、カネちがいる」

「蒼太《そうた》クン、その反応《はんのう》は傷《きず》つくナア!?」

蒼太《そうた》くんが帰《かえ》ってくるなり顔《かお》をしかめて、カネちさんは大《おお》げさに悲《かな》しむ。

その反応《はんのう》がおもしろくてわたしはまた笑《わら》っちゃったんだ。

第九章《だいきゅうしょう》　園芸委員会《えんげいいいんかい》とミドリ

「うう……緊張《きんちょう》するなあ」

初《はじ》めての委員会《いいんかい》の集《あつ》まりに、ドキドキしながら向《む》かってる。

希望通《きぼうどお》りの園芸委員《えんげいいいん》になれたんだけど、緊張《きんちょう》するものは緊張《きんちょう》するんだよね……

ちなみに結愛《ゆあ》ちゃんはじゃんけんに勝《か》って、保健委員《ほけんいいん》の座《ざ》をゲットしてた。

学級委員《がっきゅういいん》には千明《ちあき》くんが推薦《すいせん》されたから、女子《じょし》の学級委員《がっきゅういいん》はまさかの大人気委員《だいにんきいいん》になって、（じゃんけんがものすごく白熱《はくねつ》してた）おかげでわたしはスムーズにやりたい委員《いいん》を選《えら》べたんだ。

蒼太《そうた》くんは社会《しゃかい》の教科係《きょうかかがかり》になってたなあ。

「ええと、多目的室《たもくてきしつ》、多目的室《たもくてきしつ》……」

園芸委員《えんげいいいん》の集合場所《しゅうごうばしょ》は、一階《いっかい》の奥《おく》にある空《あ》き教室《きょうしつ》だ。少《すこ》し足早《あしばや》に向《む》かって中《なか》に入《はい》ったら、すでにパラパラと人《ひと》が集《あつ》まっていた。

指定《してい》された五年生《ごねんせい》の席《せき》に座《すわ》っていたら、教室《きょうしつ》の前《まえ》のドアがガラリと開《ひら》いて、メガネの男《だん》子《し》がそのまま教壇《きょうだん》に立《た》った。

「みなさんこんにちは。僕《ぼく》は六年《ろくねん》の鷹取深緑《たかとりみろく》といいます。委員長《いいんちょう》としてよろしくお願《ねが》いします」

ハキハキとした声《こえ》が教室中《きょうしつじゅう》に行《い》き渡《わた》る。

サラサラの黒髪《くろかみ》に、やさしい目《め》をした知的《ちてき》な雰囲気《ふんいき》の男《おとこ》の子《こ》。メガネをかけていても、整《ととの》った顔立《かおだ》ちをしてるってわかる。

こんなきれいな顔《かお》の先輩《せんぱい》がいたんだ……！

うつむいてばかりいて、ぜんぜん周《まわ》りを見《み》てないんだなって痛感《つうかん》する……。

委員長《いいんちょう》の鷹取《たかとり》くんが頭《あたま》を下《さ》げて、みんなと一緒《いっしょ》に拍手《はくしゅ》をした。

「園芸委員《えんげいいいん》には毎日《まいにち》の仕事《しごと》と季節《きせつ》ごとの仕事《しごと》があります。あとはイベントの準備《じゅんび》。水《みず》やりだけじゃない仕事《しごと》もあるので、よろしくお願《ねが》いしますね」

鷹取《たかとり》くんがふわりと微笑《ほほえ》み、それからもうひとりの委員《いいん》の子《こ》がプリントを配《くば》る。

――わあ、園芸委員《えんげいいいん》ってけっこう大変《たいへん》なんだ！

プリントを見《み》たら、毎日《まいにち》の仕事《しごと》は『水《みず》やり、雑草《ざっそう》とり、土《つち》の管理《かんり》、病気《びょうき》や害虫《がいちゅう》のチェック』って書《か》いてある。

これはみんなでローテーションでやるようで、表《ひょう》にはみんなの名前《なまえ》が書《か》いてあって、担《たん》当《とう》の日《ひ》はもう決《き》まっているみたい。

「仕事《しごと》のあとは、記録《きろく》ノートに様子《ようす》を書《か》いてください。たくさん書《か》く必要《ひつよう》はなくて……今日《きょう》は暑《あつ》かったとか、まだつぼみだったとか、そういうもので大丈夫《だいじょうぶ》です」

「雨《あめ》の日《ひ》もやるんですか？」

「雨《あめ》の日《ひ》は基本的《きほんてき》にやらなくて大丈夫《だいじょうぶ》です。でもちょこっとのぞいてくれるとうれしいなと思《おも》います」

鷹取《たかとり》くんはみんなの質問《しつもん》にスラスラと答《こた》えていく。それに、ずっと、植物《しょくぶつ》について大切《たいせつ》そうに話《はな》しているのがわかる！

「季節《きせつ》ごとに種《たね》まきとかプランターの植《う》え替《か》えとかの仕事《しごと》もあるので、そういうものは委《い》員会《いんかい》の時間《じかん》を使《つか》ってみんなでやっていきます」

「イベント準備《じゅんび》っていうのは何《なに》をするんですか〜」

また別《べつ》の子《こ》から質問《しつもん》だ。

「入学式《にゅうがくしき》とか運動会《うんどうかい》とか……あと大《おお》きいものだと卒業式《そつぎょうしき》とかに、花壇《かだん》の飾《かざ》り付《つ》けをしたりお花《はな》のプランターを用意《ようい》したり……お花《はな》の苗《なえ》を買《か》いに行《い》くこともありますよ」

鷹取《たかとり》くんの説明《せつめい》に、わたしはふむふむとうなずく。

お仕事《しごと》、思《おも》ったよりいっぱいだ。

ただお水《みず》をあげるだけだと思《おも》ってた！

「僕《ぼく》の好《す》きな花《はな》は白《しろ》い水仙《すいせん》です。『新《あたら》しい始《はじ》まりの象徴《しょうちょう》』という花言葉《はなことば》があります。植物《しょくぶつ》を育《そだ》てるのは大変《たいへん》ですが、園芸委員会《えんげいいいんかい》の仕事《しごと》を通《とお》して、みんなで協力《きょうりょく》して、素敵《すてき》な花壇《かだん》を作《つく》っていきましょうね」

毒気《どくけ》のないさわやかな笑顔《えがお》に、委員《いいん》のみんなはブンブンと首《くび》を縦《たて》に振《ふ》っている。

大変《たいへん》そうだけど、楽《たの》しそう……！

そこから毎日《まいにち》の水《みず》やりのローテーションと場所《ばしょ》の確認《かくにん》をして、委員会《いいんかい》は無事《ぶじ》に終《お》わった。

「わたし、明日《あした》が早速担当《さっそくたんとう》だ……！」

教室《きょうしつ》に戻《もど》ってからもそのプリントを穴《あな》が開《あ》くほど見《み》ているところ。

もらった表《ひょう》を確認《かくにん》したら、わたしは明日《あした》に割《わ》り当《あ》てられていた。

そしてそのペアは委員長《いいんちょう》の鷹取《たかとり》くん。

「初《はじ》めての委員《いいん》さんがやる間《あいだ》、委員長《いいんちょう》の鷹取《たかとり》くんが毎日《まいにち》水《みず》やりに来《き》てくれるんだ。すごいなぁ」

よくよく見《み》たら、鷹取《たかとり》くんはこの先《さき》二《に》週間《しゅうかん》ほどずっと担当《たんとう》するみたい。

運動会《うんどうかい》の準備《じゅんび》に新《あたら》しい委員《いいん》さんの仕事《しごと》。

新《あたら》しいことがたくさんだ。でもなんだかワクワクしている自分《じぶん》がいる。

——ちょっと前《まえ》の自分《じぶん》じゃ考《かんが》えられない。

☆　☆　☆

ぐっすり寝《ね》た次《つぎ》の日《ひ》の朝《あさ》。

わたしは早起《はやお》きをして、いつもより早《はや》く家《いえ》を出《で》る。

だって、水《みず》やりの日《ひ》だもん！

「えっとたしか、こっちのほう……」

校舎《こうしゃ》をぐるりと回《まわ》って、花壇《かだん》のある場所《ばしょ》を目指《めざ》す。角《かど》を曲《ま》がったら、向《む》こうに深緑色《ふかみどりいろ》のランドセルを背負《せお》った男《おとこ》の子《こ》が見《み》えた。あのうしろ姿《すがた》は委員長《いいんちょう》の鷹取《たかとり》くん！

「お、おはようございます……！」

朝《あさ》の空気《くうき》をいっぱいに吸《す》い込《こ》みながら、わたしはあいさつをした。

「おはようございます。ええと、市山《いちやま》さんでしたよね。お早《はや》いですね」

わたしよりも早《はや》く来《き》ていたのに、鷹取《たかとり》くんはそう言《い》って柔《やわ》らかく笑《わら》う。

委員長《いいんちょう》がとってもやさしそうな人《ひと》で本当《ほんとう》によかった！　クラスにはもうひとり園芸委員《えんげいいいん》の子《こ》がいるけど、しゃべったことがない男《おとこ》の子《こ》だったからどうしようかと思《おも》っていたんだ。

鷹取《たかとり》くんはサッとホースをつかむ。

「水《みず》やりは、このホースを使《つか》います。ジョウロでもいいですが、時間《じかん》がかかってしまうので」

「なるほど……」

「水《みず》のやりすぎにも注意《ちゅうい》です。でも、今日《きょう》のように晴《は》れた日《ひ》は乾《かわ》くのも早《はや》いので、たっぷりあげて大丈夫《だいじょうぶ》。はい、どうぞ」

「あ、ありがとうございます」

初《はじ》めての挑戦《ちょうせん》で緊張《きんちょう》しながらも、わたしは鷹取《たかとり》くんからシャワーノズルがついたホースを受《う》け取《と》る。

新緑《しんりょく》がキレイな花壇《かだん》から水《みず》をあげていく。

赤《あか》、白《しろ》、黄色《きいろ》にそれからピンク。縁《ふち》だけが白《しろ》くてギザギザした赤《あか》いものもある。

大《おお》きな花《はな》びらがかわいいチューリップはハラハラと花《はな》びらが落《お》ち始《はじ》めて、もうすぐ見《み》ごろは終《お》わっちゃいそう。

「チューリップの色《いろ》ってきれいだなあ……」

わたしはお水《みず》をあげながら、あらためて花《はな》をじっと観察《かんさつ》する。

こんなにカラフルでかわいいのに、季節《きせつ》が終《お》わると散《ち》ってしまうなんてさびしいよね。

「チューリップにはその色《いろ》ごとに花言葉《はなことば》があるんですよ」

「花言葉《はなことば》ですか？」

わたしのとなりで、鷹取《たかとり》くんがそう言《い》う。

「はい。赤《あか》だと『家族《かぞく》への感謝《かんしゃ》』。ピンクは『誠実《せいじつ》な愛《あい》』、それから黄色《きいろ》は『失恋《しつれん》』といった意味《いみ》があります」

「へえ、そうなんですね……！」

同《おな》じように咲《さ》いているのに、正反対《せいはんたい》の意味《いみ》があったりするんだなあ。花言葉《はなことば》を知《し》ったら、チューリップが身近《みぢか》な存在《そんざい》に思《おも》えてきた気《き》がする！

まだもう少《すこ》しだけ、長《なが》く咲《さ》いてくれたらいいな。

願《ねが》いを込《こ》めて、わたしはチューリップたちにお水《みず》をあげた。

「ええと、こっちはヘチマかな」

今度《こんど》は隣《となり》の青々《あおあお》とした葉《は》にお水《みず》をあげる。

「はい。四年生《よねんせい》の学習用《がくしゅうよう》とは別《べつ》に余《あま》った種《たね》をここにもまいています」

鷹取《たかとり》くんは、ひとつひとつ丁寧《ていねい》に教《おし》えてくれる。

まだ小《ちい》さな苗《なえ》や花《はな》のない花壇《かだん》も多《おお》いけど、ここから花《はな》が咲《さ》くのが楽《たの》しみ……！

「キレイな花《はな》が咲《さ》きますように」

そう祈《いの》りながら一生懸命《いっしょうけんめい》水《みず》やりをして、なんとか一面《いちめん》の花壇《かだん》とプランターの分《ぶん》は終《お》わった。朝《あさ》の時間《じかん》、とっても楽《たの》しかったなあ！

「市山《いちやま》さん、ありがとうございます」

鷹取《たかとり》くんは、なんだかとてもうれしそうだ。

「園芸委員《えんげいいいん》の仕事《しごと》、イヤイヤやる人《ひと》も多《おお》くて……雑《ざつ》な水《みず》やりをされると、この子《こ》たちが弱《よわ》ってしまうので、市山《いちやま》さんのような人《ひと》が委員《いいん》になってくれてうれしいです」

「そ、そんな……こちらこそ……？」

急《きゅう》にお礼《れい》を言《い》われて、変《へん》な返《かえ》しをしちゃったよー！

そんなふうに言《い》ってもらえると思《おも》っていなかったから、くすぐったい。

……鷹取《たかとり》くんって、本当《ほんとう》に植物《しょくぶつ》が好《す》きなんだなぁ。

花壇《かだん》を見《み》てうれしそうにしている鷹取《たかとり》くんを見《み》て、わたしはそう感《かん》じた。

「あの……これからもがんばります！　花言葉《はなことば》を知《し》られてうれしかったですし、これからヘチマの成長《せいちょう》も見守《みまも》りたいです」

「ふふ。よろしくお願《ねが》いします。ヘチマが実《み》をつける時期《じき》は夏《なつ》ですが、その実《み》を水《みず》に浸《ひた》して作《つく》ったヘチマ水《すい》は、美肌《びはだ》効果《こうか》や健康《けんこう》効果《こうか》があるとされています」

「えっ、そうなんですね。タワシにするだけじゃなかったんだ……！」

「成熟《せいじゅく》したヘチマは、漢方薬《かんぽうやく》としても利用《りよう》され、利尿作用《りにょうさよう》や解熱作用《げねつさよう》があるとされています。実《み》から取《と》れる繊維《せんい》は、昔《むかし》は糸《いと》としても利用《りよう》されていて――」

鷹取《たかとり》くんの話《はなし》をふむふむと聞《き》いていたら、急《きゅう》に話《はなし》を止《や》めちゃった。口《くち》を押《お》さえて、「しまった」っていう顔《かお》。

どうしたんだろう……？

「……すみません。またベラベラと。僕《ぼく》、植物《しょくぶつ》や動物《どうぶつ》についていろいろと調《しら》べるのが好《す》きで、ついこうして語《かた》ってしまう癖《くせ》があって」

鷹取《たかとり》くんは、ちょっとはずかしそうに頭《あたま》を下《さ》げた。

――わかるなあ。好《す》きなものはつい熱《あつ》く語《かた》っちゃうよね。

わたしもこの前《まえ》ちょうど、カネちさんに大声《おおごえ》で宣言《せんげん》しちゃったところだもん。

「知《し》らないことがわかるの、とっても楽《たの》しいです。ありがとうございます」

「迷惑《めいわく》ではありませんでしたか？」

「ぜんぜんです。委員長《いいんちょう》の好《す》きなものは動物《どうぶつ》と植物《しょくぶつ》なんですね！　わたしは動画配信《どうがはいしん》を見《み》るのが好《す》きなんです」

落《お》ちこんでいる鷹取《たかとり》くんを元気《げんき》づけたくて、わたしも好《す》きなものの話《はなし》をしてみた。

だって、ブラストといえば！

ミドリが担当《たんとう》している『今日《きょう》の動植物《どうしょくぶつ》』コーナーだってあるもんね。『話《はな》しているミドリが楽《たの》しそうでいやされるし勉強《べんきょう》になる！』とかくれた人気《にんき》を誇《ほこ》るコーナーなんだから。

「お気《き》に入《い》りのグループの配信《はいしん》で、『リスは触《さわ》るとしっぽが取《と》れる』っていう雑学《ざつがく》があったんです。すごくびっくりしたけどおもしろかったんですよ」

鷹取《たかとり》くんは動物《どうぶつ》の話《はなし》が好《す》きそうだから、もう知《し》っているかもだけど、最近《さいきん》知《し》った雑学《ざつがく》を教《おし》えてあげる。なんてったって、最近《さいきん》で一番《いちばん》びっくりした情報《じょうほう》だからね！

「委員長《いいんちょう》は知《し》っていますか？　ブラストっていうグループなんですけど……」

ブラストの話《はなし》が止《と》まらなくて、つい早口《はやくち》になっちゃった。

顔《かお》を上《あ》げたら、鷹取《たかとり》くんがメガネの奥《おく》でやさしく微笑《ほほえ》んでいた。

「ふふ……蒼太《そうた》くんから聞《き》いていた通《とお》りですね」

「え？」

鷹取《たかとり》くんの口《くち》から蒼太《そうた》くんの名前《なまえ》が出《で》て、わたしは目《め》を丸《まる》くした。

鷹取《たかとり》くんと蒼太《そうた》くんって、もしかして知《し》り合《あ》いなのかな？

「そうですね、リスにまつわるそのほかの雑学《ざつがく》だと……リスは草食動物《そうしょくどうぶつ》と思《おも》われがちですが、実《じつ》は雑食《ざっしょく》で木《き》の実《み》以外《いがい》にも昆虫《こんちゅう》や鳥《とり》の卵《たまご》も食《た》べたりするんです」

「えっ、鳥《とり》の卵《たまご》……？」

鷹取《たかとり》くんから飛《と》び出《だ》した雑学《ざつがく》に、わたしはぎょっとする。

リスってほっぺたいっぱいに木《き》の実《み》をつめ込《こ》んでいてかわいいイメージだったけど、そんなものまで食《た》べちゃうんだ。なんだかびっくり……！

「市山《いちやま》さん。ちょっと耳《みみ》を貸《か》してもらっていいですか？」

「え？」

鷹取《たかとり》くんはわたしの耳元《みみもと》に顔《かお》を近《ちか》づけて、そっとささやいた。

「……実《じつ》は僕《ぼく》も動画配信《どうがはいしん》をやっているんです、蒼太《そうた》くんたちと一緒《いっしょ》に」

「〜〜〜!!!!」

温《あたた》かい息《いき》が耳《みみ》に直接触《ちょくせつふ》れて、くすぐったくてドキリとする。

鷹取《たかとり》くんはさっと離《はな》れて、さっきと変《か》わらない穏《おだ》やかな笑顔《えがお》を浮《う》かべている。

わたしは耳《みみ》をおさえて、びっくりして声《こえ》にならない声《こえ》をあげた。

……な、なんだかとってもいい香《かお》りもした……っ！

それに、『蒼太《そうた》くんたちと動画配信《どうがはいしん》』って……!?

わたしはどぎまぎした気持《きも》ちのまま頭《あたま》の中《なか》を整理《せいり》する。

えーとえーと、鷹取《たかとり》くんが、蒼太《そうた》くんたちと一緒《いっしょ》に動画配信《どうがはいしん》をやっていて？　それにこの前《まえ》、ブラストで配信《はいしん》されたリスの話《はなし》。動物《どうぶつ》と植物《しょくぶつ》に詳《くわ》しい鷹取《たかとり》くん。

「も、もしかして、《ミドリ》なんですか……!?」

わたしが震《ふる》える声《こえ》で言《い》うと、鷹取《たかとり》くんは特《とく》に驚《おどろ》いた顔《かお》もせず。

「はい、そうです。僕《ぼく》の担当《たんとう》は雑学《ざつがく》とイラストなんです」

そう笑《わら》った。

本当《ほんとう》は叫《さけ》びたいけど、ここは朝《あさ》の学校《がっこう》。

わたしは心《こころ》の中《なか》では何度《なんど》も「え〜〜〜〜!?」と大絶叫《だいぜっきょう》している。

まさか、園芸委員会《えんげいいいんかい》の委員長《いいんちょう》がミドリだったなんて……！

わたしはご本人《ほんにん》に得意《とくい》げに雑学《ざつがく》を披露《ひろう》しちゃってる！

「カネちさんもこの前《まえ》ひなさんに紹介《しょうかい》されたと聞《き》いていますので、これで僕《ぼく》も仲間入《なかまい》りですね。市山《いちやま》ひなさん、ようこそ園芸委員《えんげいいいん》へ。これからよろしくお願《ねが》いします」

「は、はい……」

まさかの四人目《よにんめ》のメンバーを知《し》ってしまった朝《あさ》。

鷹取《たかとり》くんまでブラストだったなんて、びっくりだよ！

委員会《いいんかい》のプリントのかわいいイラストも、ミドリが描《えが》いてたんだ。

わたしは差《さ》し出《だ》された手《て》を取《と》って、握手《あくしゅ》をした。

第十章《だいじっしょう》　ブラストの王子様《おうじさま》・momo《モモ》

「オーイひなぴ、ゲームやろうぜ！」

部屋《へや》にひびくノックの音《おと》と、明《あか》るい声《こえ》。これってカネちさん？

わたしは部屋《へや》でゆっくりしていた体《からだ》を起《お》こしてドアに近《ちか》づく。そして、そっとドアを開《あ》けると、やっぱりカネちさんがにっかりと笑《わら》っていた。

「ごめんね、ひーちゃん……うるさくして」

そのうしろで、紫音《しおん》くんはため息《いき》をついている。

今日《きょう》はまた打《う》ち合《あ》わせをする日《ひ》なのかな。

蒼太《そうた》くんはクラブ活動《かつどう》だから、その前《まえ》に時間《じかん》をつぶしたいのかも？

「今度《こんど》、レースゲームにおける紫音《しおん》の神業《かみわざ》をリスナーにも見《み》てもらおうと思《おも》ってさ！　その前《まえ》の調査的《ちょうさてき》な！」

「……それ、普通《ふつう》にいやだけど～」

いつになく紫音《しおん》くんの声《こえ》が低《ひく》い。

「くくっ、オレは、いつもはイケてるお兄《にい》さんキャラの紫音《しおん》が爆裂《ばくれつ》にダメなところをみんなに見《み》せたいんだ！　そしてあわよくばファンを減《へ》らしてやる」

「なんだよそれ～……」

カネちさんはワハハと悪役《あくやく》のように大《おお》きな口《くち》で笑《わら》っている。

「だから今《いま》からデモプレイをやるんだよ！　ひなぴも付《つ》き合《あ》ってくれな！　リスナー目線《めせん》でオレらを見《み》てくれっ！」

明《あか》るく仕《し》切るカネちさんに押《お》し切《き》られるようにして、わたしは紫音《しおん》くんたちと一緒《いっしょ》にゲームをすることになった。

「うおおおぉーー！　爆速《ばくそく》みかんを食《た》べたオレの走《はし》りを見《み》てくれーーっ！」

「いや本当《ほんとう》にうるさいな、カネちは」

「ちょい待《ま》ち。ひなぴ？　ひなぴってばオレを狙《ねら》ってない？　あっあっあああ‼」

「ご、ごめんなさーーーいっ」

ノリノリで走《はし》るカネちさん。ある意味《いみ》いつも通《どお》りの紫音《しおん》くん。そして、わたしはまたわけもわからずにボタンを押《お》して、カネちさんのカートをクラッシュさせてしまった。

その横《よこ》をすっと通《とお》り過《す》ぎ、まさかの一位《いちい》で通過《つうか》しちゃった……

「ひどい…… そんな……ひなぴだけはオレ信《しん》じてたのに……」

メソメソとしながら、カネちさんもゴール。それからずっとあとに、紫音《しおん》くんも十位《じゅうい》で到着《とうちゃく》した。

「ひなぴ、案外《あんがい》やるな！」

「た、たまたまです……絶対《ぜったい》……！」

カネちさんにほめられて、わたしは首《くび》をぶんぶんと横《よこ》に振《ふ》った。

「いやいや、あのときのボールさばき、ハンターだったぜ！ そして紫音《しおん》はあいかわらずヘタクソで安心《あんしん》した」

「言《い》わないで」

紫音《しおん》くんとの仲《なか》の良《い》いやりとり。

このにぎやかな感《かん》じ、わたしの大好《だいす》きなブラストの空気感《くうきかん》だ。

「ひーちゃんは蒼太《そうた》と一緒《いっしょ》にゲームしたりしてるもんね～？」

紫音《しおん》くんが、そう尋《たず》ねてくる。

「う、うん。難《むずか》しいところを蒼太《そうた》くんにアドバイスしてもらったりとか……！」

わたしが答《こた》えると、カネちさんはどこかビックリした顔《かお》をした。

「へえ！　あの蒼太《そうた》と一緒《いっしょ》にゲームとかするんだ。ひなぴスゲーな。ほら蒼太《そうた》ってけっこうそっけないとこあるじゃん？」

「そうですか？　やさしいなって、思《おも》いますけど……」

たしかに蒼太《そうた》くんは、表情《ひょうじょう》があんまり変《か》わらないから怒《おこ》っているように見《み》えたりもするけど、言葉《ことば》はやさしいし、よく見《み》ていてくれるって思《おも》う。

この前《まえ》だって、ヘタなわたしに根気強《こんきづよ》くゲームを教《おし》えてくれたもの。

「なるほどすべてわかった。蒼太《そうた》はオレに厳《きび》しいだけか」

「カネちにはみんなそうだよ」

ふむふむと納得《なっとく》していたカネちさんに、紫音《しおん》くんはあきれた顔《かお》をしてる。

「みっミロクくんはやさしいんだから！」

「ミロクくんはみんなにやさしいよ」

「紫音《しおん》の意地悪《いじわる》〜〜っ！　自分《じぶん》で置《お》いたバナナの皮《かわ》でスピンしてたくせにっ！」

「見《み》てたんだ!?」

カネちさんと紫音《しおん》くんはまた言《い》い合《あ》いを始《はじ》めている。

その様子《ようす》が微笑《ほほえ》ましく思《おも》えてきた。

はじめは緊張《きんちょう》したけど、アカネことカネちさんは盛《も》り上《あ》げ上手《じょうず》なんだ！

人見知《ひとみし》りのわたしの緊張《きんちょう》もあっという間《ま》にほぐれてしまった。

「ふふっ」

思《おも》わず笑《わら》ってしまうと、さわいでいたふたりが急《きゅう》に静《しず》かになってこっちを見《み》た。

「……お、ひなぴが笑《わら》ってる！　思《おも》った通《とお》り笑《わら》ったほうがかわいーな！」

「ひゅっ!?」

カネちさんが急《きゅう》にそんなことを言《い》うから、わたしはびっくりして空気《くうき》を変《へん》なところに吸《す》い込《こ》んじゃったよ……！　心臓《しんぞう》がドキドキして、顔《かお》がほてる。

「はあ？　何言《なにい》ってるんだよカネち。ひーちゃんはいつもかわいいでしょ〜」

「ごほごほっ!!」

なっ、紫音《しおん》くんまで何《なに》を……!?

今度《こんど》は大《おお》きくむせた。

「かわいい」って、わたしに言《い》ってるの？　心臓《しんぞう》がバクバクして、顔《かお》が真《ま》っ赤《か》になった。

どうしよう、どうしよう。冗談《じょうだん》だってわかってるけど、視線《しせん》を合《あ》わせられないよ。

「え、えっと、あの……」

――ガチャ。

わけがわからなくなったそのタイミングで、リビングのドアが開《ひら》いた。

サッカー帰《がえ》りの蒼太《そうた》くんだ。無言《むごん》でまっすぐにキッチンへ行《い》き、いつもの量《りょう》の牛乳《ぎゅうにゅう》を一《いっ》気《き》飲《の》みしてる。

「蒼太《そうた》じゃん！　おかえりぃッ」

「おかえり蒼太《そうた》。今日《きょう》暑《あつ》かっただろう。シャワー浴《あ》びてきたら～？」

「……ただいま。うん、そうする」

グラスを洗《あら》い終《お》わった蒼太《そうた》くんとようやく目《め》が合《あ》う。

わたしは背筋《せすじ》を伸《の》ばしながら「おかえり」と挨拶《あいさつ》をした。

「……ただいま」

いつものぶっきらぼうな口《くち》ぶり。わたしはその言葉《ことば》をやけに遠《とお》く感《かん》じる。

そのままふいっと顔《かお》を逸《そ》らされ、蒼太《そうた》くんはリビングから出《で》て行《い》く。

「……わ、わたしも部屋《へや》に戻《もど》って宿題《しゅくだい》があるので！　じゃあ！」

顔《かお》が熱《あつ》いまま、わたしは逃《に》げるように部屋《へや》に戻《もど》った。

☆　☆　☆

昨夜《さくや》から、なんだか蒼太《そうた》くんの様子《ようす》がおかしい。

夜《よる》ご飯《はん》も朝《あさ》ご飯《はん》も黙々《もくもく》と食《た》べて、さっさと登校《とうこう》してしまった。

前《まえ》なら当《あ》たり前《まえ》だったかもしれないけど、同居《どうきょ》してからはよく話《はな》すようになったから、なんだかさびしい。

――わたしが、何《なに》か怒《おこ》らせちゃったのかな？

もしかしたら学校《がっこう》で話《はな》す機会《きかい》があるかも！

そう思《おも》ったわたしは、ドキドキしながら蒼太《そうた》くんの様子《ようす》を見守《みまも》っていた。

そしてお昼休《ひるやす》みになり、ぜんぜん思《おも》ったようにできないままわたしは図書室《としょしつ》にいる。

「……うっ、やっぱりうまく話《はな》せないよ。なんでこんなに緊張《きんちょう》しちゃうんだろう」

本《ほん》を閉《と》じてため息《いき》をつく。何回《なんかい》かは目《め》が合《あ》った気《き》がするのに、フィッと目《め》を逸《そ》らされちゃったんだよね……気《き》のせいかもしれないけど。

「おかしいなぁ……みんなみたいに、自然《しぜん》に話《はな》しかけるだけなのに」

そう思《おも》っていたとき、うしろからやさしい声《こえ》が聞《き》こえてきた。

「やっほー、ひなちゃん！　こんなところでかくれんぼしてるの？」

「ひえっ!?」

びっくりして振《ふ》り返《かえ》ると、そこには千明《ちあき》くんが立《た》っていた。

「ち、千明《ちあき》くん……どうしてこんなところに」

「ぼくもたまには図書室《としょしつ》に行《い》こうかなって思《おも》って。そうしたら、ひなちゃんの姿《すがた》が見《み》えたから」

千明《ちあき》くんは、キラキラした目《め》でわたしを見《み》ている。

千明《ちあき》くんに話《はな》しかけられるなんて思《おも》ってもみなかった……！

「それに、今日《きょう》はひなちゃんも蒼太《そうた》も元気《げんき》がないなって思《おも》って気《き》になってて。この前《まえ》まで蒼太《そうた》はずーっとひなちゃんを気《き》にしてたのに、今日《きょう》は話《はな》してないし」

「ち、千明《ちあき》くん、図書室《としょしつ》ではおしゃべりしちゃダメで……」

焦《あせ》っていて、千明《ちあき》くんの話《はなし》が頭《あたま》に入《はい》ってこない。

図書委員《としょいいん》の子《こ》がこちらに来《こ》ようとしているのを察《さっ》して、わたしは千明《ちあき》くんの手《て》を掴《つか》んでヒソヒソ声《ごえ》を出《だ》す。

「千明《ちあき》くん、ちょっと外《そと》に行《い》こう……！」

わたしはそのまま千明《ちあき》くんの手《て》を引《ひ》っ張《ぱ》って図書室《としょしつ》を出《で》た。そして、静《しず》かな階段《かいだん》の踊《おど》り場《ば》を見《み》つけて、こっそりとその陰《かげ》にひそむ。

「こんなところがあるんだねっ。ちょうど上《うえ》の階段《かいだん》の影《かげ》になっててすごく見《み》つけにくい」

「えへへ、そうなんだ。わたしこういう場所《ばしょ》を探《さが》すのが好《す》きで……ってそうじゃなくて、千明《ちあき》くん、さっきはなんの話《はなし》をしていたの？」

気《き》を取《と》り直《なお》して尋《たず》ねたら、千明《ちあき》くんは淡《あわ》い色《いろ》の目《め》をパチクリと瞬《しばた》いた。

「蒼太《そうた》から聞《き》いたんだけど、ひなちゃんってぼくたちの秘密《ひみつ》を知《し》ってるんだよね？」

「え、秘密《ひみつ》？」

千明《ちあき》くんの言葉《ことば》に、わたしは首《くび》をかしげた。

そんなわたしを見《み》て、千明《ちあき》くんも不思議《ふしぎ》そうにしてる。

「……あれ、知《し》らないのかな……いやでも、蒼太《そうた》が言《い》ってたし……。ねえひなちゃん。【ブラスト】って知《し》ってるよね？」

「うん、知《し》ってる……けど……？」

どうして突然《とつぜん》ブラストの話《はなし》になるんだろう。

千明《ちあき》くんの言葉《ことば》の意図《いと》が読《よ》み取《と》れなくて、頭《あたま》にハテナがいっぱい！

「それ、ぼくもやってるんだ！」

千明《ちあき》くんはいつもの王子様《おうじさま》スマイルで、なんてことないようにそう言《い》った。

『ぼくもやってる』って、ブラストを……？

わたしはぐるぐると今《いま》までの会話《かいわ》と出来事《できごと》をつなぎ合《あ》わせた。

それって、つまり……！

「千明《ちあき》くんもブラストのメンバーってこと？　もしかしてｍ《モ》ｏｍ《モ》ｏなの!?」

「しーっ。内緒《ないしょ》だよ。あれっ気《き》づいてなかったんだねぇ」

「だだだ、だって、普通《ふつう》はそんなふうに思《おも》わないよ！」

かわいらしく笑《わら》う千明《ちあき》くんに、わたしは精一杯《せいいっぱい》抗議《こうぎ》する。

すぐにブラストとつながるわけないよ～！

言《い》われてみれば、千明《ちあき》くんの持《も》つ愛《あい》され王子様《おうじさま》の物腰《ものごし》は、ｍ《モ》ｏｍ《モ》ｏのそれだ。

「ひなちゃん、今日《きょう》は朝《あさ》からずっと蒼太《そうた》と話《はな》してないよね？」

千明《ちあき》くんがズバッと切《き》り込《こ》んできて、わたしはヒュッと息《いき》をのんだ。

気《き》づかれてたんだ……！

「う、うん。うまく話《はな》しかけられなくて。わたしがそういうの得意《とくい》じゃないから」

「うーん。ぼくが見《み》ていた感《かん》じだと、原因《げんいん》はどっちかっていうと……蒼太《そうた》のほうにある気《き》がするなぁ」

「えっ？」

千明《ちあき》くんの声《こえ》は小《ちい》さくて、よく聞《き》き取《と》れなかった。

「ふたりはケンカしたわけじゃないんだよね？」

「たぶん、そうだと……。でも、もしかしたら、わたしがうっとうしくなったのかもしれないし」

自分《じぶん》に自信《じしん》がなさすぎて、どうしようもないよ。最初《さいしょ》に身長《しんちょう》を聞《き》かれたときだって逃《に》げちゃったし、結局答《けっきょくこた》えないままだ。今《いま》だって、対面《たいめん》している千明《ちあき》くんよりも大《おお》きなわたしは、無意識《むいしき》に背中《せなか》を丸《まる》めるようにしてしまってる。

「蒼太《そうた》って、いいやつだよねえ」

千明《ちあき》くんはそう言《い》って微笑《ほほえ》んだ。

「仲間《なかま》はずれとか、意地悪《いじわる》とかきらいで、ぶっきらぼうだけど、やさしいところもある」

「うん、そうだね。蒼太《そうた》くんって、正義感《せいぎかん》が強《つよ》いと思《おも》う」

わたしは幼稚園《ようちえん》のころに蒼太《そうた》くんに助《たす》けられたことを思《おも》い出《だ》す。

わたしが遊《あそ》んでいたおもちゃを、別《べつ》の男《おとこ》の子《こ》が乱暴《らんぼう》にうばい取《と》ろうとしたときに、かばってくれたんだ。

それを思《おも》い出《だ》したら、あたたかい気持《きも》ちになった。

ふと前《まえ》を見《み》ると、千明《ちあき》くんもやわらかな笑顔《えがお》を浮《う》かべている。

「実《じつ》はぼく、三年生《さんねんせい》のときまでおとなしかったんだ。髪《かみ》も肩《かた》くらいまであって女《おんな》の子《こ》みたいで。それをほかの男《おとこ》の子《こ》にからかわれたときに、蒼太《そうた》が助《たす》けてくれたんだよ」

「えっ！」

千明《ちあき》くんの言葉《ことば》に、わたしはびっくりしてまばたきをする。

いつもキラキラしているみんなの王子様《おうじさま》に、そんな過去《かこ》があったなんて。

ほかのクラスでの出来事《できごと》まではよく知《し》らなかったな。わたしは毎年大《まいとしおお》きくなってしまう自分《じぶん》の身長《しんちょう》のことで頭《あたま》がいっぱいだったから。

「『人《ひと》の好《す》きなことにとやかく言《い》うな！』って、普段《ふだん》のクールな蒼太《そうた》からは想像《そうぞう》つかないくらいに怒《おこ》ってて。それから話《はな》すようになって、冬《ふゆ》ごろにブラストに誘《さそ》ってもらったんだ」

蒼太《そうた》くんの声色《こわいろ》を真似《まね》して、千明《ちあき》くんはクスクスと笑《わら》っている。

ここにはいない蒼太《そうた》くんの姿《すがた》が、千明《ちあき》くんのうしろに見《み》えるみたいな不思議《ふしぎ》な感覚《かんかく》。

「お姉《ねえ》ちゃんの影響《えいきょう》で、ぼくもファッションとかコスメに興味《きょうみ》があってね。そんな配信《はいしん》もリスナーさんは喜《よろこ》んでくれて、蒼太《そうた》のおかげでぼくも自分《じぶん》らしさを受《う》け入《い》れられたんだ」

「そうだったんだね……！　とっても、ステキだと思《おも》う！」

千明《ちあき》くんが話《はな》し終《お》わったとき、わたしは思《おも》わず大《おお》きな声《こえ》が出《で》てしまった。

わたしが知《し》ってる千明《ちあき》くんはいつも輝《かがや》いてるから、そんな話《はなし》があったなんてびっくりだ！

「……で、ここからが本題《ほんだい》ね。しばらくずっと見《み》ていたけど、ひなちゃんって身長《しんちょう》を気《き》にしてたりする？」

「っ！」

突然《とつぜん》の豪速球《ごうそっきゅう》で、わたしは言葉《ことば》をつまらせる。

「あっごめんね、悪《わる》い意味《いみ》じゃなくて。せっかくカッコイイのに、もったいないなって思《おも》ってさ」

「身長《しんちょう》なんか高《たか》くても……」

モデルさんたちはみんなビシッとしていてかわいくてかっこいいけど、わたしには到底《とうてい》無理《むり》だと思《おも》う。

「そんなことない。〝すべての女《おんな》の子《こ》はもっとかわいくなれるよ〟」

千明《ちあき》くんは、いつものｍ《モ》ｏｍ《モ》ｏの決《き》め台詞《ぜりふ》を言《い》った。

「実際《じっさい》、ひなちゃんはかわいいし」

「ひえっ！　かわいいっていうのは、結愛《ゆあ》ちゃんみたいな子《こ》を言《い》うんだよ、わたしなんかじゃなくて」

そう答《こた》えると、千明《ちあき》くんはムッとした顔《かお》をする。

「わたしなんか、って言《い》ったらだめだよ。自分《じぶん》の可能性《かのうせい》は、自分《じぶん》が一番信《いちばんしん》じてあげないと」

千明《ちあき》くんのまっすぐな瞳《ひとみ》が、わたしを見《み》つめている。

自分《じぶん》を好《す》きになれたら、どんなにいいだろう。

わたしはグッと唇《くちびる》を引《ひ》き結《むす》ぶ。

「――って、ぼくも前《まえ》に蒼太《そうた》に怒《おこ》られたんだ。ぼくなんかに配信者《はいしんしゃ》ができるわけないよ、って言《い》ったら、まっすぐに目《め》を見《み》て言《い》ってくれた」

「蒼太《そうた》くんに……」

「だから、ひなちゃんもできるよ。ぼくなんかでもできたんだからね！」

ふんわりと微笑《ほほえ》む千明《ちあき》くんの笑顔《えがお》に、わたしは少《すこ》しだけ心《こころ》が軽《かる》くなった気《き》がした。

そのとき、スピーカーから昼休《ひるやす》みが終《お》わる十分前《じっぷんまえ》を知《し》らせる音楽《おんがく》が流《なが》れてきた。

「ぼくたちもそろそろ教室《きょうしつ》に戻《もど》ろっか？」

「うん……ありがとう千明《ちあき》くん」

千明《ちあき》くんとちゃんと話《はな》したのはほとんど初《はじ》めてだったのに、蒼太《そうた》くんの話《はなし》だったからか緊張《きんちょう》せずにいられた。それに……

——やっぱり、蒼太《そうた》くんと早《はや》く仲直《なかなお》りしよう。

「市山《いちやま》！」

そう思《おも》ったとき、誰《だれ》かに名前《なまえ》を呼《よ》ばれた。

「えっ、蒼太《そうた》くん……!?」

振《ふ》り返《かえ》ると、そこには汗《あせ》をかいた蒼太《そうた》くんが立《た》っていた。

「うわあ、蒼太《そうた》ってば、あそこから走《はし》ってきたの？」

「……ああ」

千明《ちあき》くんもびっくりしてるから、ふたりがもともと約束《やくそく》をしていたわけじゃなさそう。

どう切《き》り出《だ》そうとオロオロしてたら、息《いき》を整《ととの》えた蒼太《そうた》くんがわたしを見《み》た。

いつも以上《いじょう》に目力《めぢから》が強《つよ》くて、見慣《みな》れているわたしでもちょっとこわいかも……！

「市山《いちやま》、あの……ごめん。おれの態度《たいど》が悪《わる》かった」

先《さき》に頭《あたま》を下《さ》げたのは、蒼太《そうた》くんだった。

「えっ、ううん、わたしがいつも無神経《むしんけい》にお世話《せわ》になってばかりで……！」

「それはない。市山《いちやま》はぜんぜん悪《わる》くないから」

顔《かお》を上《あ》げた蒼太《そうた》くんは、決《き》まりが悪《わる》そうな顔《かお》をしている。

「昨日《きのう》は練習《れんしゅう》でつかれてて、そのせいだから。朝《あさ》からもずっと態度《たいど》悪《わる》くてごめん」

「ううん、ぜんぜん気《き》にしてないよ。蒼太《そうた》くん……わたしと仲直《なかなお》りしてくれる？」

「それはもちろん……って、市山《いちやま》！　なんで泣《な》いて……っ、おれのせいだよな、ごめん、その、えーっと、今日《きょう》兄《にい》ちゃんが間違《まちが》って洗顔《せんがん》フォームで歯磨《はみが》きしてた！」

蒼太《そうた》くんがわたしの涙《なみだ》を見《み》て、あわてている。

安心《あんしん》したらじわりと涙《なみだ》が出《で》てきて、それから紫音《しおん》くんの天然《てんねん》なところまで教《おし》えてもらって泣《な》き笑《わら》いになっちゃった。

「ふっ……ふふ、そうなんだね、紫音《しおん》くんったら」

「兄《にい》ちゃん、ちょっと抜《ぬ》けてるところがあるから」

蒼太《そうた》くんの顔《かお》には、今朝《けさ》までのピリピリとした表情《ひょうじょう》はない。

「いいね、幼《おさな》なじみって。ぼくもひなちゃんみたいな幼《おさな》なじみがいたらなぁ～」

蒼太《そうた》くんとほのぼのしていると、千明《ちあき》くんがそう言《い》った。

「……市山《いちやま》となんの話《はなし》してたんだよ、千明《ちあき》」

あれ。蒼太《そうた》くんの顔《かお》がまたピリッとしたような？

「え～～ぼくたちふたりの内緒《ないしょ》だよ。ね、ひなちゃん」

「えっ!?」

蒼太《そうた》くんの視線《しせん》が、ジロリとこっちを見《み》た。こわい、顔《かお》がこわいよ蒼太《そうた》くん！

「えーっと……」

わたしと千明《ちあき》くんが話《はな》していた内容《ないよう》といえば。

「蒼太《そうた》くんの話《はなし》だよ……？」

まとめると、そうなっちゃう。

「おっ、おれの話《はなし》……!?」

「そうだよ〜。ひなちゃんとふたりで、蒼太《そうた》ってカッコイイよねって話《はなし》をしてたんだ」

「なんだそれ！　市山《いちやま》、本当《ほんとう》は？」

「え？　本当《ほんとう》にそんな話《はなし》だったよ。蒼太《そうた》くんはやさしいし、助《たす》けてくれるよねって」

「ね〜！」

わたしと千明《ちあき》くんがそう答《こた》えると、蒼太《そうた》くんの顔《かお》はみるみる真《ま》っ赤《か》になった。

耳《みみ》まで赤《あか》い。

「蒼太《そうた》くん、顔《かお》が赤《あか》いよ？　熱《ねつ》があったりするのかなぁ」

さっき走《はし》ってきた汗《あせ》が冷《ひ》えちゃったのかも。

わたしは蒼太《そうた》くんのおでこに手《て》をあててみる。

うーん。熱《ねつ》があるわけではなさそう……？

「ひなちゃん、それはやめとこうね。蒼太《そうた》のためにも」

「？」

千明《ちあき》くんが、わたしの手《て》をそっと離《はな》した。

「ひなちゃん。蒼太《そうた》と仲直《なかなお》りできてよかったね」

「うん……！」

わたしはうれしくなって千明《ちあき》くんに笑顔《えがお》を見《み》せた。

千明《ちあき》くんと話《はな》してたおかげで、蒼太《そうた》くんとも素直《すなお》に話《はなし》ができた気《き》がする。

『自分《じぶん》の可能性《かのうせい》は、自分《じぶん》が一番信《いちばんしん》じてあげる』

千明《ちあき》くんに言《い》われた、蒼太《そうた》くんの言葉《ことば》だというそれを心《こころ》に刻《きざ》む。

わたしまでわたしをきらいになっちゃったら、きっとすっごく苦《くる》しいよね。

「そろそろ教室《きょうしつ》に戻《もど》らないとだな。昼休《ひるやす》みが終《お》わる」

「そうだね。次《つぎ》の授業《じゅぎょう》ってなんだったかな」

「あ〜〜っ、ひなっちたち、こんなところで何《なに》してるのお〜っ？」

不意《ふい》に、鈴《すず》を転《ころ》がしたような愛《あい》らしい声《こえ》が聞《き》こえてきた。

結愛《ゆあ》ちゃんが、わたしたちのもとへ駆《か》け寄《よ》ってくる。そして、するりとわたしの腕《うで》にからんだ。

「どうしたのぉ？　こんな暗《くら》いとこにみんなで集《あつ》まって」

「えっと、ちょっと話《はなし》をして……」

なんて説明《せつめい》したらいいかわからなくてそう返《かえ》したら、結愛《ゆあ》ちゃんはわたしの手《て》を引《ひ》きながらニッコリと笑《わら》った。

「……ふーん」

一瞬《いっしゅん》こわい顔《かお》に見《み》えたけど、次《つぎ》の瞬間《しゅんかん》にはいつものかわいい笑顔《えがお》。

「ひなっちだけみんなで話《はな》してずる〜い。結愛《ゆあ》も今度《こんど》まぜてねっ。あっ！　ほらもう授業始《じゅぎょうはじ》まっちゃうよぉ！　ひなっち、早《はや》く行《い》こっ」

結愛《ゆあ》ちゃんは、わたしの腕《うで》を引《ひ》っ張《ぱ》って教室《きょうしつ》へ向《む》かった。

……さっきのは、きっと見間違《みまちが》いだよね。

「う、うん」

その日《ひ》、わたしは少《すこ》しだけ背中《せなか》を丸《まる》めるのをやめてみた。

自分《じぶん》を好《す》きになれたらいいなって、そう思《おも》って。

第十一章《だいじゅういっしょう》　アオ推《お》しです！

その日《ひ》の放課後《ほうかご》。

「ね、ひなっち。一緒《いっしょ》に帰《かえ》らない？」

結愛《ゆあ》ちゃんにそう誘《さそ》われて、わたしはうなずいた。

五年生《ごねんせい》のクラス分《わ》けで仲《なか》のいい子《こ》たちとは離《はな》れちゃったから、結愛《ゆあ》ちゃんが一緒《いっしょ》に帰《かえ》ってくれてうれしいな……！

「明日《あした》のグループワーク、楽《たの》しみだねぇ〜！」

ラベンダー色《いろ》のランドセルを背負《せお》った結愛《ゆあ》ちゃんは、満面《まんめん》の笑《え》みだ。

「う、うん、わたしも……楽《たの》しみだなあ」

蒼太《そうた》くんとケンカしたままだったら気《き》まずかったかもしれないけど、仲直《なかなお》りができたんだ。

それに、千明《ちあき》くんとも話《はな》せたおかげで、苦手意識《にがていしき》もなくなった気《き》がするし。

結愛《ゆあ》ちゃんともこうして一緒《いっしょ》に下校《げこう》してるんだもん。絶対《ぜったい》にうまくいく気《き》がしてきた。

「……ねーひなっち、ちょっと聞《き》いてもいい～？」

結愛《ゆあ》ちゃんは上目《うわめ》づかいで首《くび》をかたむけた。ふたつ結《むす》びの髪《かみ》がさらりと流《なが》れて、ハートのふわふわがついたゴムもゆらゆらと揺《ゆ》れている。

結愛《ゆあ》ちゃんも身《み》の回《まわ》りのものもとってもかわいいから、見《み》ているだけでいやされるんだ。

配信《はいしん》を見《み》ているときのような、見守《みまも》りたくなる気持《きも》ちと一緒《いっしょ》なの。

――もしかして、結愛《ゆあ》ちゃんもわたしの推《お》しなのかも……!?

そう思《おも》うと、楽《たの》しい。

「わたしがわかることならなんでも」

そう答《こた》えると、結愛《ゆあ》ちゃんはにっこりと笑《わら》った。

「ひなっちと蒼太《そうた》くんって、特別《とくべつ》な関係《かんけい》なのお～～？」

「トクベツな、カンケイ……？」

はて、どういうことなんだろう……？

結愛《ゆあ》ちゃんの質問《しつもん》の意味《いみ》がわからず、時《とき》が止《と》まってしまった。

よく言《い》われるのは「幼《おさな》なじみ」っていう言葉《ことば》だけど、それって特別《とくべつ》な関係《かんけい》なのかな？

でもお昼《ひる》に千明《ちあき》くんがうらやましいって言《い》ってたから、普通《ふつう》じゃないのかも……？

考《かんが》えてもよくわからない！

「えっと……蒼太《そうた》くんとは家《いえ》がお隣《となり》で、昔《むかし》からよく知《し》っていて……と、友達《ともだち》だと思《おも》う！」

そう言《い》い切《き》って、わたしは気《き》はずかしくなった。

わたしは友達《ともだち》になれたと思《おも》っているけど、蒼太《そうた》くんはどうなのかな。

『お前《まえ》とは友達《ともだち》じゃねーし』とか思《おも》われてたらどうしよう!!

いやでも蒼太《そうた》くんはそういう意地悪《いじわる》を言《い》う人《ひと》じゃないし、きっと大丈夫《だいじょうぶ》なはず……！

ひとりでドキドキしていると、いつもニコニコしている結愛《ゆあ》ちゃんが、急《きゅう》に真顔《まがお》になる。

「結愛《ゆあ》ちゃん、どうかした……？」

わたしは結愛《ゆあ》ちゃんが心配《しんぱい》で、そっと聞《き》いてみる。

「えっ！　あ、ううん、なんでもないよ～。仲良《なかよ》しだもんねえ、ふたりとも～」

「そ、そうかな。だといいな……」

「チッ」

そのとき、舌打《したう》ちのような音《おと》が聞《き》こえた気《き》がして、わたしはあわてて周囲《しゅうい》を見渡《みわた》した。

「どこから聞《き》こえたんだろう……？」

結愛《ゆあ》ちゃんはきょとんとしているし、きっと聞《き》き間違《まちが》いだったんだろう。びっくりした。

「蒼太《そうた》くんとひなっち、とってもいい《お友達《ともだち》》だって結愛《ゆあ》も思《おも》うよ～。どこからどう見《み》ても《お友達《ともだち》》って感《かん》じだもん」

結愛《ゆあ》ちゃんは、ちょっと強調《きょうちょう》するように『お友達《ともだち》』という言葉《ことば》を言《い》う。

でも、みんながそう思《おも》ってくれてるなら、きっとわたしの気持《きも》ちは間違《まちが》ってないんだ。

そう思《おも》うと、わたしはすごくうれしくなった。

「えへへ……結愛《ゆあ》ちゃんからそう言《い》ってもらうと照《て》れちゃうな。ちゃんと友達《ともだち》みたいに見《み》えてて、うっ、うれしいな！」

わたしは自分《じぶん》の気持《きも》ちを結愛《ゆあ》ちゃんに伝《つた》えられてうれしかった。

いつもは自分《じぶん》の気持《きも》ちをかくしてしまっていたけど、大切《たいせつ》なことだって気《き》づけたから。

それに、ケンカをして仲直《なかなお》りできないのは、すごくこわいとも思《おも》った。

「……なんなの、イヤミなわけ……？」

「え？　ごめん結愛《ゆあ》ちゃん、よく聞《き》こえなくて……」

結愛《ゆあ》ちゃんが何《なに》かつぶやいた気《き》がするけど、よく聞《き》こえない。

もう一度《いちど》言《い》ってもらいたかったけど、結愛《ゆあ》ちゃんはニコニコしながら「なんでもないよ」と首《くび》を横《よこ》に振《ふ》る。

「えーと、じゃあねえ。千明《ちあき》くんのことはどう思《おも》ってる～？」

「千明《ちあき》くん……ちゃんと話《はな》したのは二回目《にかいめ》だから、よくわからないかなあ」

「いやほら、かっこいいとか、タイプとか、あるよねえ!?」

「かっこいい……とは思《おも》うけど、でも千明《ちあき》くんの性格《せいかく》とかをあんまり知《し》らなかったから。

やさしくていい人《ひと》みたいだった！　蒼太《そうた》くんとも仲良《なかよ》しみたい！」

わたしは自分《じぶん》の思《おも》いをそのまま結愛《ゆあ》ちゃんに話《はな》した。

たしかに王子様《おうじさま》みたいだったし、なんといってもｍ《モ》ｏｍ《モ》ｏなんだもん……！

「チッ」

あ、また聞《き》こえた！　この辺《へん》、そういう鳴《な》き声《ごえ》の鳥《とり》でも飛《と》んでいるのかも？

見上《みあ》げてみると、ちょうど二羽《にわ》のつばめが楽《たの》しそうに空《そら》を泳《およ》いでいる。

そのとき分《わ》かれる横断歩道《おうだんほどう》のところに到着《とうちゃく》して、わたしと結愛《ゆあ》ちゃんは一度《いちど》足《あし》を止《と》めた。

「じゃあねえ、ひなっち。明日《あした》また学校《がっこう》で～～」

「結愛《ゆあ》ちゃん、また明日《あした》ね。今日《きょう》はありがとう！」

お友達《ともだち》と、男《おとこ》の子《こ》について話《はな》しながら帰《かえ》るのなんて初《はじ》めてだ。

なんだかすごく、女《おんな》の子《こ》同士《どうし》の会話《かいわ》って感《かん》じだった……！

わたしはひとりジーンと感動《かんどう》しながら、どこかつかれた顔《かお》の結愛《ゆあ》ちゃんに手《て》を振《ふ》る。

結愛《ゆあ》ちゃんが横断歩道《おうだんほどう》を渡《わた》り終《お》わるのを確認《かくにん》して、わたしは自分《じぶん》の道《みち》をポテポテと歩《ある》き始《はじ》めた。

滑《すべ》り台《だい》のある公園《こうえん》を過《す》ぎて、赤《あか》い葉《は》っぱのマークのコンビニの先《さき》にある大《おお》きな茶色《ちゃいろ》のマンション。そこがわたしと蒼太《そうた》くんのお家《うち》だ。

——蒼太《そうた》くんと仲直《なかなお》りできて、結愛《ゆあ》ちゃんとも一緒《いっしょ》に帰《かえ》れて、なんだか今日《きょう》はとってもいい一日《いちにち》だったなあ！

朝《あさ》は落《お》ち込《こ》んでいたのに、行動《こうどう》を変《か》えたら世界《せかい》が広《ひろ》がった気《き》がする！

いつもはうつむいてトボトボと歩《ある》いていた通学路《つうがくろ》。顔《かお》を上《あ》げてみたら、街路樹《がいろじゅ》に花《はな》が咲《さ》いていたり、滑《すべ》り台《だい》で小《ちい》さい子《こ》たちが楽《たの》しそうに遊《あそ》んだりしている。

周囲《しゅうい》の様子《ようす》を観察《かんさつ》しながら歩《ある》いていると、名前《なまえ》を呼《よ》ばれた。

「市山《いちやま》！」

この声《こえ》は蒼太《そうた》くんだ。もうわかる。

走《はし》ってきたような足音《あしおと》は、わたしの隣《となり》で止《と》まった。

「やっぱり市山《いちやま》だった。よかった」

「ふふ。やっぱり蒼太《そうた》くんだった」

さっき結愛《ゆあ》ちゃんに蒼太《そうた》くんは『友達《ともだち》だ』と宣言《せんげん》してしまった手前《てまえ》、なんだかちょっとはずかしい。それと同時《どうじ》に、誇《ほこ》らしい気持《きも》ちでいっぱいだ。

「蒼太《そうた》くん、昨日《きのう》の夜《よる》は具合《ぐあい》が悪《わる》かったって紫音《しおん》くんに聞《き》いたけど、もう大丈夫《だいじょうぶ》？」

「あっ……うん、それはもう大丈夫《だいじょうぶ》。……ごめん」

蒼太《そうた》くんは少《すこ》し照《て》れながら答《こた》えた。

夜《よる》ご飯《はん》を食《た》べに部屋《へや》から出《で》てこなかったから、心配《しんぱい》したんだよね。

「夜《よる》ね、アキさんのお手伝《てつだ》いでわたしも少《すこ》しお野菜《やさい》を切《き》ったんだ。キャベツだけだったけど、お母《かあ》さんが帰《かえ》ってきたらお手伝《てつだ》いがんばりたいな～」

「……市山《いちやま》の母《かあ》さんたちって、いつ帰《かえ》ってくんの？　おじさん次第《しだい》？」

蒼太《そうた》くんは、わたしのお母《かあ》さんたちを気《き》にかけていた。

「いつだっけ……？」

わたしはちょっと考《かんが》え込《こ》んでしまった。

「最初《さいしょ》はひと月《つき》くらいって言《い》ってた気《き》がするんだけど、もうすでに二週間《にしゅうかん》とちょっと過《す》ぎてるもんね。正確《せいかく》な日付《ひづけ》についてはまだ聞《き》いてなくて」

「そっか。ほら、来月《らいげつ》は運動会《うんどうかい》もあるし……そろそろ練習《れんしゅう》とかも始《はじ》まるなって思《おも》ってさ」

「そう、だよね……たしかに」

蒼太《そうた》くん、わたしのお母《かあ》さんたちが運動会《うんどうかい》に来《こ》られないかもしれないことを心配《しんぱい》してくれてたんだ。

やっぱり、とってもやさしい。わたしは毎日《まいにち》がいっぱいいっぱいで、そこまで頭《あたま》が回《まわ》っていなかったよ！

「今日《きょう》聞《き》いてみる。蒼太《そうた》くんたちだって、いつまでもわたしがいたら大変《たいへん》だもん」

「いや、それはぜんぜん大変《たいへん》じゃないけど。もう大《おお》きな秘密《ひみつ》は知《し》られちゃったしな」

蒼太《そうた》くんを見《み》たら、目《め》を細《ほそ》めて楽《たの》しそうに笑《わら》っていた。

《アオ》であることが蒼太《そうた》くんの大《おお》きな秘密《ひみつ》。

「あ、そうだ蒼太《そうた》くん。まさか千明《ちあき》くんもブラストだなんて思《おも》わなかったよ！　わたし今日《きょう》、千明《ちあき》くんから聞《き》いて、すっごくビックリしたんだから」

「……おれから言《い》うのはなんかイヤだったし」

「ええ！　わたし去年《きょねん》からずっとブラストのファンなんだから、不意打《ふいう》ちがあるとびっくりしちゃうよ〜〜〜」

「え、そんな前《まえ》から見《み》てんの？」

「うん。初《はじ》めに見《み》つけたのは、アオがひとりでゲーム実況《じっきょう》してるときだったんだ」

わたしは去年《きょねん》を思《おも》い出《だ》す。

ふと目《め》についたゲーム動画《どうが》のサムネイルに見《み》とれてしまって、再生《さいせい》ボタンを押《お》したんだ。

「配信《はいしん》を見《み》てるうちに、アオがブラストっていう配信《はいしん》グループのメンバーだって知《し》って、ブラスト本体《ほんたい》の活動《かつどう》も追《お》いかけるようになったんだ。だんだんシオンとかｍｏ《モ》ｍｏ《モ》とかほかのメンバーの動画《どうが》も見《み》るようになってね、それで――」

ブラストの話《はなし》になると、ついつい早口《はやくち》になってしまうわたし。

ふと蒼太《そうた》くんを見《み》たら、口元《くちもと》を押《お》さえて黙《だま》り込《こ》んでいた。

「……蒼太《そうた》くん？」

わたしは背中《せなか》をちょっとだけかがめて蒼太《そうた》くんをのぞき込《こ》む。

「どうしたの？」

「……や……ごめ、市山《いちやま》がそんな前《まえ》から見《み》てくれてると思《おも》わなくて」

蒼太《そうた》くんの目元《めもと》が少《すこ》し赤《あか》い。また耳《みみ》の先《さき》も赤《あか》くなっているのが見《み》える。

「あ、ありがとう……ございます」

蒼太《そうた》くんは消《き》え入《い》りそうな声《こえ》で、そう言《い》った。

これは、きっと喜《よろこ》んでくれてるんだよね……？

わたしはそう願《ねが》って、強《つよ》くこぶしをにぎりしめた。

これは、日《ひ》ごろの感謝《かんしゃ》を伝《つた》えるチャンスだ！

「えへへ。どういたしまして。でも、お礼《れい》を言《い》うのはわたしのほうだよ！　いつも楽《たの》しませてもらってるもん。アオのあの無敵《むてき》っぷり、見《み》てたら心《こころ》がスッとするし、すっごくかっこいい！」

「市山《いちやま》、もう大丈夫《だいじょうぶ》だから……ちょっと休《やす》ませて」

「なんで!?　まだまだあるよ、アオ動画《どうが》のいいところ！　語《かた》らせて！」

「いや、ちょっと人格変《じんかくか》わってるじゃん……」

わたしのうしろには、きっと漫画《まんが》だったらごうごうと燃《も》えさかる炎《ほのお》があると思《おも》う！

それくらい、今《いま》とっても燃《も》えていた。

反対《はんたい》に、いつも素《そ》っ気《け》ない蒼太《そうた》くんがわかりやすく照《て》れているのを見《み》て、ますますアオをほめたおしたくなってしまう。

「蒼太《そうた》くん、まだまだあるよ！　ほら去年《きょねん》の年末《ねんまつ》の『アイサバ』で、アオが超絶《ちょうぜつ》プレイで一位《いちい》になったときにね……！」

わたしはマンションのエントランスからエレベーター、それから志水家《しみずけ》の入《い》り口《ぐち》に着《つ》くまで、いかにアオの動画《どうが》とブラストが大好《だいす》きであるかを語《かた》り続《つづ》ける。

蒼太《そうた》くんは顔《かお》を真《ま》っ赤《か》にしながらも、最後《さいご》まで聞《き》いてくれて、小《ちい》さく「ありがとう」と言《い》った。

直接感謝《ちょくせつかんしゃ》を伝《つた》えられて、わたしは大満足《だいまんぞく》だ。

部屋《へや》についてランドセルを下《お》ろし、宿題《しゅくだい》を取《と》り出《だ》す。そして算数《さんすう》の問題《もんだい》を数題解《すうだいと》いたところで、興奮状態《こうふんじょうたい》から覚《さ》めた。

「えっ、わたし、蒼太《そうた》くんにとっても面倒《めんどう》な発言《はつげん》してなかった……？」

大好《だいす》きなブラストについて話《はな》せる人《ひと》は少《すく》ない。お母《かあ》さんは動画配信《どうがはいしん》に興味《きょうみ》ないから、アオの話《はなし》をしてもあんまり聞《き》いてくれないし。

友達《ともだち》は美容系《びようけい》とか歌《うた》ってみた動画《どうが》が好《す》きで、ゲーム実況《じっきょう》の話《はなし》はあんまりしない。

だから、誰《だれ》かとアオのすごいプレイについて話《はな》したかったのかも……でも、ちょっと語《かた》りすぎちゃったよね……？

数分前《すうふんまえ》の自分《じぶん》を思《おも》い出《だ》して、わたしは頭《あたま》を抱《かか》えて悶絶《もんぜつ》した。

「ひええ、とってもはずかしい……！」

筋金《すじがね》入《い》りのファンだとバレちゃったんだ。

蒼太《そうた》くんがどう思《おも》ったか気《き》になって、ドキドキしてきた。

「どうか蒼太《そうた》くんがさっきのわたしの行動《こうどう》を忘《わす》れてくれますように……！」

そう願《ねが》ったけど、あんなに熱《あつ》く語《かた》っちゃったから、きっと覚《おぼ》えてるよね。

でも……!!　わたしがアオについて話《はな》しているとき、蒼太《そうた》くんはいやな顔《かお》はしていなかったと思《おも》う。最後《さいご》は「ありがとう」って言《い》ってくれたし。

それに、好《す》きなものをかくさずに言《い》えたのも、すごく気持《きも》ちよかった。

「……好《す》きなもの、好《す》きって言《い》っていいのかな、わたしも」

たとえば、結愛《ゆあ》ちゃんがつけていたピンクのハートのゴムとか、お母《かあ》さんが見《み》せてくれたチェックのワンピースとか、すごくかわいいと思《おも》うんだ。

「……今度《こんど》、お母《かあ》さんが帰《かえ》ってきたら、あのワンピースを着《き》てみようかな」

わたしは、ひじをついて空《そら》を見上《みあ》げながら、そう思《おも》った。

第十二章《だいじゅうにしょう》　みんな仲良《なかよ》し！

急《いそ》いで宿題《しゅくだい》を終《お》わらせて部屋《へや》を出《で》たら、蒼太《そうた》くんもちょうど終《お》わったみたいで、廊下《ろうか》でばったり会《あ》ったんだ。

さっそく、幼稚園《ようちえん》のころに遊《あそ》んでいたなつかしのアクションゲームをすることに。

「え、蒼太《そうた》くん、そのくるくる〜ってやつどうやるの？」

「これ？　このアイテムとって、ジャンプしたあとにL《エル》ボタンを連打《れんだ》する」

「あっ、できた！　ありがとう」

なんだろうこの感《かん》じ、すっごくなつかしいな……！

小《ちい》さいころのことも、ちゃんと覚《おぼ》えてる。

ぬいぐるみとかキラキラしたものが大好《だいす》きで、お父《とう》さんとお母《かあ》さんからかわいいメイクセットを買《か》ってもらったりとか。

大好《だいす》きなものに囲《かこ》まれて、毎日《まいにち》とても楽《たの》しかったなあ。

あのときのドレスみたいなワンピースと宝物《たからもの》みたいなリボンの靴《くつ》はどこにいっちゃったんだろう。

『自分《じぶん》がかわいいと思《おも》うもの』が、いつから『ほかの人《ひと》がかわいいと思《おも》うもの』に変《か》わっていったんだろう。

「あ、市山《いちやま》、ぼーっとするな」

「え、え、わあああっ！」

考《かんが》えごとをしていたせいで、わたしは栗《くり》みたいな敵《てき》キャラにぶつかって、あっさりゲームオーバー。

「ごめん、蒼太《そうた》くん」

「いいよ、まだ遊《あそ》べるし。次《つぎ》クリアしたらいい」

「うん、今度《こんど》こそ集中《しゅうちゅう》する！」

「市山《いちやま》は兄《にい》ちゃんより信用《しんよう》してる」

「それ、信用《しんよう》してもらってるのかどうか、よくわかんないね……？」

思《おも》わずそう言《い》ったら、蒼太《そうた》くんはびっくりした顔《かお》をして、それからブハッと吹《ふ》き出《だ》した。

「おま……、ハハ、ひなのくせに、そんなこと事言《ことい》って……っ、兄《にい》ちゃん泣《な》くぞ」

ツボに入《はい》ったみたいで、蒼太《そうた》くんはおなかを抱《かか》えてヒイヒイと笑《わら》っている。

笑《わら》いすぎて涙《なみだ》が出《で》てきたみたいで、手《て》の甲《こう》でぐいっと乱暴《らんぼう》にぬぐっていた。

「そ、そんなに笑《わら》わなくてもいいじゃない～！」

蒼太《そうた》くんはまだ肩《かた》を震《ふる》わせて笑《わら》っている。

なかなか元《もと》に戻《もど》ってくれる気配《けはい》がないんだけど！

って、あれ？　蒼太《そうた》くん、今《いま》――

「わたしのこと、『ひな』って言《い》った？」

そう言《い》うと、蒼太《そうた》くんの笑《わら》いがぴたりと止《と》まった。

それからパッと顔《かお》をあさっての方向《ほうこう》に背《そむ》ける。

「……さあ。市山《いちやま》の聞《き》き間違《まちが》いじゃない」

「『ひなのくせに』って、聞《き》こえたよ」

「……黙秘《もくひ》する」

やっぱり、聞《き》き間違《まちが》いじゃなかったみたい……！

蒼太《そうた》くんはごまかしているつもりかもしれないけど、わたしはしっかりと聞《き》いたんだから！

「へへ。なんだか昔《むかし》に戻《もど》ったみたいでうれしいな。わたし、幼稚園《ようちえん》のときに蒼太《そうた》くんとゲームしたの覚《おぼ》えてるよ。かけっこもしたし、一緒《いっしょ》に夏祭《なつまつ》りにも行《い》ったよね」

同居《どうきょ》する前《まえ》のよそよそしい関係《かんけい》が嘘《うそ》みたいに、また昔《むかし》の距離《きょり》に戻《もど》れてうれしい。

そっぽをむいていた蒼太《そうた》くんが、ゆっくりとこっちを向《む》く。

心《こころ》なしか顔《かお》がまた赤《あか》い気《き》がする。

どうしたんだろう。

「……おれも覚《おぼ》えてる。兄《にい》ちゃんと市山《いちやま》がほめてくれるのがうれしくて、あのころからゲームにハマったんだし」

「そうなの？」

「ああ。うまくなって、ふたりをびっくりさせたかったんだよな」

蒼太《そうた》くんはポリポリとほっぺをかいた。

――そうなんだあ……！

まさか、蒼太《そうた》くんのルーツがあの日々《ひび》とは思《おも》わなかった！

なんだかうれしくて、じいんと胸《むね》が温《あたた》かくなってきたところで、足音《あしおと》が聞《き》こえた。

「ちょ、まってカネち、ここは空気読《くうきよ》も……!?」

「やっほー！　蒼太《そうた》とひなぴってばなつかしいゲームやってんね～！」

元気《げんき》いっぱいのカネちさんと、紫音《しおん》くんだ！

わたしはぺこりと挨拶《あいさつ》をする。

「……カネち、来《き》すぎじゃない？」

蒼太《そうた》くんの言葉《ことば》に、カネちさんは両手《りょうて》を大《おお》きく広《ひろ》げた。

「いやめっちゃ迷惑《めいわく》そうに言《い》うじゃんか〜〜！　でもオレは、蒼太《そうた》のそういうところ好《す》きだぞっ！　いつかデレてほしいっ」

「ええ……」

「大丈夫《だいじょうぶ》。オレの胸《むね》に飛《と》び込《こ》んでこいよ、蒼太《そうた》あああっ！」

「なんでだよ……」

わかりやすくしかめっ面《つら》をしている蒼太《そうた》くんに、カネちさんがどんどんにじり寄《よ》っていってる。

まるで、猫《ねこ》をなんとか手《て》なずけようとしているみたい。

……ネコちゃんでも、あのやり方《かた》は逆効果《ぎゃくこうか》な気《き》がするけど！

「いっつもカネちがうるさくて、ごめんねひーちゃん」

ふたりのやりとりを微笑《ほほえ》ましく見《み》てたら、紫音《しおん》くんはわたしの隣《となり》に座《すわ》った。

「ううん、わたしも楽《たの》しいから大丈夫《だいじょうぶ》だよ」

この気持《きも》ちは本当《ほんとう》なんだ。

この同居《どうきょ》がなかったら、きっと混《ま》ざり合《あ》わなかった世界《せかい》に触《ふ》れている感《かん》じがする。

いまだに不思議《ふしぎ》で、夢《ゆめ》みたいだけど……。

「ひーちゃんがやさしくてよかった～。迷惑《めいわく》だったらすぐ俺《おれ》に言《い》って。たまに本当《ほんとう》にうっとうしいからね」

「おいこら紫音《しおん》、そこでひなぴに変《へん》な話《はなし》を吹《ふ》き込《こ》んでんな!?　まったく志水兄弟《しみずきょうだい》は油断《ゆだん》も隙《すき》もねーんだから!」

振《ふ》り向《む》いたカネちさんが、紫音《しおん》くんにひとさし指《ゆび》を向《む》ける。

そのおかげでハグから逃《のが》れた蒼太《そうた》くんは、するりと元《もと》の場所《ばしょ》に帰《かえ》ってきた。

今日《きょう》の打《う》ち合《あ》わせは、何《なに》をするんだろう。また新《あたら》しい動画《どうが》のヒントが見《み》つかったら楽《たの》しいな。

わたしは今《いま》やっているゲームをセーブして、部屋《へや》に戻《もど》ろうとコントローラーを置《お》いた。

ブラストのじゃまはしたくないもん。

カネちさんが、かばんをごそごそと探《さぐ》っているけど、何《なに》をしてるんだろう?

「ジャーン!　今度《こんど》みんなでこれやってみねえ!?　いろいろ考《かんが》えたんだけど、ホラーゲームのほうが『モン狩《がり》』よりおもしろい画面《がめん》になるかと思《おも》ってさ」

ゲームのパッケージにはおどろおどろしいゾンビが描《えが》かれている。

暗《くら》い建物《たてもの》の背景《はいけい》に、青《あお》や緑《みどり》の血《ち》のような液体《えきたい》が垂《た》れたゾンビ。

タイトルも血《ち》しぶきのような赤文字《あかもじ》でこわい……！

「これさ、『ゾンビ・ハザードX』って言《い》うんだけど、ゾンビが蔓延《まんえん》した世界《せかい》で、主人公《しゅじんこう》が銃《じゅう》とかの武器《ぶき》を使《つか》ってゾンビをたおすんだって。急《きゅう》にゾンビが飛《と》び出《だ》してきたりして、かなりホラー要素《ようそ》が強《つよ》いらしい！」

カネちさんは説明《せつめい》しながらホクホクとした顔《かお》だ。

わたしも名前《なまえ》は知《し》ってるけど……こわいゲームは好《す》きじゃない。

「あ〜！　これ昔《むかし》からあるシリーズだよね。サバイバルホラーの代表格《だいひょうかく》って感《かん》じする。うちにはないゲームだ」

紫音《しおん》くんは説明書《せつめいしょ》を読《よ》みながらそう言《い》う。かなり興味《きょうみ》があるみたい。

この家《いえ》にはたくさんゲームがあるのに、ホラーゲームはないのが意外《いがい》だ。

「紫音《しおん》が唯一《ゆいいつ》得意《とくい》な謎解《なぞと》きとか、いろんな要素《ようそ》があるらしいぜ！　いつもほのぼの〜としたｍｏ《モ》ｍｏ《モ》とミドリの新鮮《しんせん》な悲鳴《ひめい》もオレは撮《と》りたい……グハハ!!」

悪《わる》い顔《かお》のカネちさんが、魔王《まおう》みたいな笑《わら》い方《かた》してる！

千明《ちあき》くんと鷹取《たかとり》くんをこわがらせたいんだ……!?

「ひどいリーダーだね～、蒼太《そうた》」

「……」

「蒼太《そうた》？」

紫音《しおん》くんの呼《よ》びかけに、蒼太《そうた》くんが反応《はんのう》しない。

蒼太《そうた》くんはゲームのパッケージを見《み》つめて、じっと動《うご》かなくなっちゃった。

「蒼太《そうた》くん、どうしたの？」

わたしはちょっと心配《しんぱい》になって聞《き》いてみた。

蒼太《そうた》くんは、急《きゅう》に顔《かお》を上《あ》げてわたしを見《み》た。なんか、顔色《かおいろ》が悪《わる》いみたい……？

「早速《さっそく》チュートリアルとかだけでも見《み》てみようぜ！　オレもホラゲはやったことねーしな！」

カネちさんは、鼻歌《はなうた》を歌《うた》いながらわくわくと準備《じゅんび》を始《はじ》める。

「……」

——やっぱり、蒼太《そうた》くんの様子《ようす》がおかしい気《き》がする。ゲームからちょっと離《はな》れてるし、大好《だいす》きなゲームの話《はなし》なのに、さっきから何《なに》も言《い》わない。

「あれ、蒼太《そうた》。もしかして——」

「お！　始《はじ》まった。ふたりプレイでいいよな。まず誰《だれ》からやる？」

カネちさんが、紫音《しおん》くんの言葉《ことば》をさえぎって、そう言《い》った。

「蒼太《そうた》、はいこれ。手始《てはじ》めにオレからやってみるぜ！　次《つぎ》は紫音《しおん》とひなぴね」

「えっ、わたしもやるんですか!?」

「イエーイ！　みんなでやってみようぜ！」

カネちさんは、当然《とうぜん》のように蒼太《そうた》くんにコントローラーを渡《わた》した。そして、ゲームのスタートボタンを押《お》す。

——真《ま》っ黒《くろ》な画面《がめん》に、血文字《ちもじ》が浮《う》かび上《あ》がる。

心臓《しんぞう》をゆらすような不気味《ぶきみ》な音楽《おんがく》が、こわい気持《きも》ちにさせるんだ。

ゲームのスタート地点《ちてん》は、ある研究施設《けんきゅうしせつ》。病気《びょうき》の治療《ちりょう》のために作《つく》られた施設《しせつ》で、悪《わる》い人《ひと》がゾンビを生《う》みだしてしまった。

プレイヤーは、そのゾンビをたおす役《やく》らしい。見《み》てるだけでもこわいよ……！

暗《くら》い画面《がめん》から、いつゾンビが飛《と》び出《だ》してくるかわからないなんて、ドキドキして手《て》に汗《あせ》をにぎってしまう。

でもきっと、蒼太《そうた》くんだから大丈夫《だいじょうぶ》だよね。蒼太《そうた》くんは、どんなゲームも上手《じょうず》なんだもん。ゾンビが出《で》てきても、すぐにたおしてくれる――

《ヴワああアアああアアアア!!》

「「!!」」

プレイヤーが階段《かいだん》を上《のぼ》り始《はじ》めたところで、急《きゅう》にゾンビがふたり、踊《おど》り場《ば》から飛《と》び出《だ》してきた！

「ビッ……くりした〜〜！　おらあっ！」

カネちさんはあわててガチャガチャとボタンを操作《そうさ》し、銃《じゅう》を撃《う》っている。

右側《みぎがわ》のゾンビは、あっという間《ま》にたおされちゃった。よかった〜！

「……あれ？」

わたしは、ある異変《いへん》に気《き》づいた。画面《がめん》の左側《ひだりがわ》の、青《あお》い服《ふく》のプレイヤーがまったく動《うご》いてない。ゾンビが画面《がめん》いっぱいに近《ちか》づいてきて、こわい顔《かお》がアップで映《うつ》ってる。

どういうことだろう？

カネちさんはオラオラ言《い》いながら戦《たたか》ってるから……もしかして、こっちのプレイヤーは蒼太《そうた》くんなのかな……？

まさかと思《おも》って、蒼太《そうた》くんのほうを見《み》たら、ぜんぜん手《て》を動《うご》かしてなかった。

というか、目《め》を閉《と》じてる……!?

「蒼太《そうた》くん、大丈夫《だいじょうぶ》？」

「……」

声《こえ》をかけても、蒼太《そうた》くんは何《なに》も答《こた》えない。

「やばい、ひーちゃんこれは……蒼太《そうた》はホラーゲーム無理《むり》っぽい！　代打《だいだ》お願《ねが》い～！」

「えっ、あっわっ！」

紫音《しおん》くんが、蒼太《そうた》くんのコントローラーをうばって、わたしに渡《わた》した。

あわてて受《う》け取《と》ったら、画面《がめん》ではゾンビにガブガブと噛《か》みつかれてる最中《さいちゅう》！　それに、うしろからもゾンビがどんどん出《で》てきてる！

「ひぃいいいい！」

そこからは、わたしは必死《ひっし》でゲームを操作《そうさ》した。狙《ねら》いを定《さだ》めてライフルを撃《う》ったり、武器《ぶき》を変《か》えてロケットランチャーで攻撃《こうげき》したり、とにかくこわがってる暇《ひま》なんてない！

最初《さいしょ》のゾンビたちをたおしたところで、わたしはやっとホッと息《いき》をついた。

「はあはあ、なんだかとってもつかれた……」

ゲームの区切《くぎ》りがついたタイミングで、コントローラーを置《お》く。

急《きゅう》にゲームをすることになってびっくりしたけど、慣《な》れてしまったらこわさよりもミッションをクリアする気持《きも》ちのほうが強《つよ》くなったみたい。

「え……ひーちゃんってば、ホラゲ得意《とくい》なんだね……？」

「……」

紫音《しおん》くんはびっくりした顔《かお》をしていて、蒼太《そうた》くんは黙《だま》ったまま。

「うおーーー！　なんかヤバかったけどひなぴのおかげで助《たす》かったぜえぇっ！　あと蒼太《そうた》、お前《まえ》ホラゲきらいだったんだな!?　なんかスマン！」

カネちさんは大喜《おおよろこ》び。そしてみんな、わたしを見《み》てる。え、えっと……

「ひなぴ、ゾンビこわくねーの⁉　ライフルさばきが鬼《おに》すごかった‼」

「さ、最初《さいしょ》はびっくりしたけど、慣《な》れたら平気《へいき》で……。モンスターを狩《か》るよりはぜんぜんやりやすかった、かな……？」

「市山《いちやま》……すごい……」

蒼太《そうた》くんは、少《すこ》し青白《あおじろ》い顔《かお》をしてそう言《い》った。

「本当《ほんとう》、すごいねひーちゃん……！　よし次《つぎ》は俺《おれ》もやってみよっと。カネち、続《つづ》きやろうよ～」

「オーケーっ‼」

紫音《しおん》くんとカネちさんでゲームを再開《さいかい》。うす暗《ぐら》い研究所《けんきゅうじょ》を、どんどん進《すす》んでいく。

「おれ、部屋《へや》に戻《もど》るから……」

蒼太《そうた》くんは立《た》ち上《あ》がると、フラフラとリビングを出《で》て行《い》った。

わたしはあわててその背中《せなか》を追《お》いかけた。

「蒼太《そうた》くん、大丈夫《だいじょうぶ》？」

「……大丈夫《だいじょうぶ》」

そうは言《い》うけど、顔《かお》はぜんぜん大丈夫《だいじょうぶ》じゃない。

まさか蒼太《そうた》くんに苦手《にがて》なものがあったなんて……！

「蒼太《そうた》くん、もふもふを見《み》て、いやされよう！」

わたしは蒼太《そうた》くんの腕《うで》を引《ひ》っ張《ぱ》って、自分《じぶん》の部屋《へや》へ連《つ》れてきた。そして、タブレットを操作《そうさ》して、お気《き》に入《い》りの動画《どうが》を再生《さいせい》する。

ふわふわのラグドールの赤《あか》ちゃん猫《ねこ》の動画《どうが》なんだ。

「見《み》てみて、かわいいよね……！　わたしが一番好《いちばんす》きなのは、このお風呂《ふろ》のやつ！　水《みず》に濡《ぬ》れるとこーんなに小《ちい》さくなっちゃうんだよ」

ラグドールは、もふもふの長《なが》い毛並《けな》みが特徴《とくちょう》の猫《ねこ》ちゃん。それが水《みず》に濡《ぬ》れると、毛並《けな》みがぺったりとくっついて、すごく細《ほそ》く見《み》えるのがおもしろいんだ。

「……笑《わら》わねーの？」

「えっ、何《なに》を？」

「……ゲーム配信《はいしん》とかしてるくせに、ホラゲでビビって目《め》も開《あ》けられないとか、かっこわるいだろ」

蒼太《そうた》くんは今《いま》まで見《み》たことがないくらい、落《お》ち込《こ》んでいた。

「そんなことないよ。たとえば、わたしは虫《むし》がすっごく苦手《にがて》なんだ。でも、蒼太《そうた》くんは虫《むし》は平気《へいき》でしょ？　みんな得意《とくい》なこと、苦手《にがて》なことがあるんだよ」

苦手《にがて》なものがたくさんあるから、蒼太《そうた》くんの気持《きも》ちがよくわかる。

「だから、かっこわるいなんて、絶対思《ぜったいおも》わないよ」

だって、みんな何《なに》かしら苦手《にがて》なことがあるでしょう？

「こんなふうに言《い》ったらよくないかもしれないけど、わたしはちょっと安心《あんしん》したなあ」

「え？」

「なんでもできる蒼太《そうた》くんにも苦手《にがて》なものがあるんだなって」

「それはそうだろ」

「ふふ。そうだよね」

画面《がめん》の中《なか》の猫《ねこ》ちゃんは、ガラスの鉢《ばち》に入《はい》ると、元《もと》の形《かたち》がわからないくらいに溶《と》けちゃってた。不思議《ふしぎ》だなあ。

できること、できないこと、わたしにもある。
好《す》きなものもきらいなものもある。
でも、だからってその人《ひと》の魅力《みりょく》がなくなるわけじゃない。
むしろ、もっと魅力的《みりょくてき》に思《おも》える気《き》がする。
「元気《げんき》でた。ありがとう――ひな」
「……っ！　うん、よかったあ」
蒼太《そうた》くんが照《て》れくさそうに名前《なまえ》を呼《よ》んでくれる。
わたしも自然《しぜん》と笑顔《えがお》がこぼれた。
――突然《とつぜん》の同居生活《どうきょせいかつ》に、ブラストのみんなとの出会《であ》い。
わたしの世界《せかい》はぐんぐん広《ひろ》がっている気《き》がするよ。
――わたしも、自分《じぶん》のことをもっと好《す》きになってあげたいな。
こっそりそう決意《けつい》して、わたしはまたもふもふのネコちゃんを眺《なが》めたんだ。

第二巻《だいにかん》へ続《つづ》く

あとがき

はじめまして！　ミズメです。

本《ほん》を手《て》に取《と》ってくれて、本当《ほんとう》にありがとうございます！

このお話《はなし》は、自分《じぶん》に自信《じしん》のなかった主人公《しゅじんこう》がひょんなことからお隣《となり》さんのうちに預《あず》けられることになり、それをきっかけに動画配信《どうがはいしん》グループのみんなと出会《であ》い、少《すこ》しずつ変《か》わっていく物語《ものがたり》です。

みなさんも動画配信《どうがはいしん》を見《み》たりしていますか？

私《わたし》もぼんやりと眺《なが》めたりして、よく癒《い》やされています。

いろいろなことを楽《たの》しそうに伝《つた》えてくれる配信者《はいしんしゃ》のみなさんは、とってもパワフルで元気《げんき》にあふれていますよね。

そんな動画配信《どうがはいしん》グループが身近《みぢか》にいたらどうなるんだろう……？

お隣《となり》さんが実《じつ》は配信者《はいしんしゃ》だったら……？

そうしてこのお話《はなし》が生《う》まれました。

主人公《しゅじんこう》のひなは自分《じぶん》に自信《じしん》がなく、好《す》きなものを好《す》きと言《い》えずに暮《く》らしています。

そんなとき、昔《むかし》はなかよしだった蒼太《そうた》やそのお兄《にい》ちゃんの紫音《しおん》と共《とも》に短《みじか》い間《あいだ》の同居生活《どうきょせいかつ》がスタートしてしまいました。

そこから次々《つぎつぎ》と現《あらわ》れるメンバーに、ひなはもうドキドキです！

ひとつ屋根《やね》の下《した》でのドタバタな日々《ひび》はまだまだ続《つづ》きます。

ひなと蒼太《そうた》、それから動画配信《どうがはいしん》グループのみんなの関係《かんけい》はこれからどうなるのか……!?

ひなと一緒《いっしょ》にドキドキの気分《きぶん》にちょっとでもなってもらえたら、作者《さくしゃ》として本当《ほんとう》に嬉《うれ》しいです。

最後《さいご》になりましたが、この本《ほん》を作《つく》るにあたって、たくさんの方《かた》にお世話《せわ》になりました。

物語《ものがたり》を書《か》くうえで相談《そうだん》にのってくれたみなさん、励《はげ》ましてくれた友人《ゆうじん》や家族《かぞく》、素敵《すてき》な本《ほん》に仕上《しあ》げてくださったイラストレーターさんや編集《へんしゅう》の方々《かたがた》。

この本《ほん》に関《かか》わってくださったすべてのみなさまに、この場《ば》を借《か》りて心《こころ》から感謝《かんしゃ》いたします。本《ほん》当《とう》にありがとうございます。

また次《つぎ》の物語《ものがたり》でお会《あ》いできますように！

ミズメ

アルファポリスきずな文庫

ミズメ／作《さく》
長崎県出身。2020年『悪役令嬢のおかあさま』（アルファポリス）で出版デビュー。好きなものは焼き菓子とチョコレート。

ごろー*／絵《え》
パスタと映画が好きなイラストレーター。書籍、グッズ、MVイラストなどを担当。

推《お》し恋《こい》！①
～幼《おさな》なじみと秘密《ひみつ》の生活始《せいかつはじ》めました！～

作《さく》　ミズメ
絵《え》　ごろー*

2025年4月15日初版発行

編集　境田 陽・森 順子
編集長　倉持真理
発行者　梶本雄介
発行所　株式会社アルファポリス
〒150-6019 東京都渋谷区恵比寿4-20-3 恵比寿ガーデンプレイスタワー 19F
TEL 03-6277-1601（営業）03-6277-1602（編集）
URL https://www.alphapolis.co.jp/
発売元　株式会社星雲社（共同出版社・流通責任出版社）
〒112-0005 東京都文京区水道1-3-30
TEL 03-3868-3275
デザイン　川内すみれ(hive&co.,ltd.)
（レーベルフォーマットデザイン―アチワデザイン室）
印刷　中央精版印刷株式会社

ISBN978-4-434-35614-8 C8293

ファンレターのあて先
〒150-6019 東京都渋谷区恵比寿4-20-3 恵比寿ガーデンプレイスタワー 19F
(株)アルファポリス　書籍編集部気付
ミズメ先生
いただいたお便りは編集部から先生におわたしいたします。